SAUERLÄNDER

© privat

Guy Jones wurde in Botswana geboren, wuchs in Bedfordshire, England, auf und lebt heute mit seiner Frau und Stieftocher in St. Albans, England. Er verbrachte ein Jahrzehnt damit, fürs Theater zu schreiben, bevor er mit »Der Eisblumengarten« sein erstes Kinderbuch schrieb, das die englischen Leser sofort begeisterte.

Weitere Informationen zum Kinder- und Jugendbuchprogramm der S. Fischer Verlage finden sich auf *www.fischerverlage.de*

Guy Jones

Der EIS-BLUMEN Garten

Aus dem Englischen
von Anne Braun

SAUERLÄNDER

Für Isabelle

Erschienen bei FISCHER Sauerländer

Die englische Originalausgabe erschien 2018
unter dem Titel »The Ice Garden« bei
Chicken House, Frome, Somerset, Großbritannien

Published by Arrangement with
CHICKEN HOUSE PUBLISHING LTD.,
Frome, Somerset, England

Dieses Werk wurde vermittelt durch die
Literarische Agentur Thomas Schlück GmbH, Hannover

Für die deutschsprachige Ausgabe:

Satz: Fotosatz Amann, Memmingen
Druck und Bindung: CPI books GmbH, Leck
Printed in Germany
ISBN 978-3-7373-5648-0

I

Sie nannten es die »Kappe«. Dabei war es in Wirklichkeit eine lange weiße Kopfbedeckung, die Jess sich über Gesicht und Hals zog, und darüber trug sie etwas Ähnliches wie eine Skibrille. Der Rest ihres Körpers war ebenfalls verhüllt: weites Oberteil, lange Hose und dicke Handschuhe, damit auch wirklich kein Fitzelchen ihrer Haut der Sonne ausgesetzt war.

»Ich mag es hier nicht«, sagte sie und hob die Brille ein Stück an, um sich zu kratzen, weil ihre Nase juckte.

»Kein Mensch ist gern in einem Krankenhaus«, entgegnete ihre Mutter.

»Ah, können wir dann gehen?«

»Wir sind wieder mal schlecht drauf, hm?«

Jess seufzte und atmete einen Mund voll ungesunder Luft aus. Die Zahlen im Display des Aufzugs tickten der Kinderabteilung entgegen. Schon jetzt hatte sie Schweißperlen im Nacken, die den Stoff an der Haut kleben ließen. Der Sommer war die absolut schlimmste Jahreszeit.

»Wir kommen nur zweimal im Monat her«, gab ihre Mutter zu bedenken.

»*Nur*?« Jess' Stimme klang etwas schrill.

»Muss das jetzt sein?«

Jess fand, dass es sein musste. Zumindest bis ihre Mutter begreifen würde, wie sehr sie dieses Gebäude hasste, mit allem, was sich darin befand.

Im zweiten Stock hielt der Aufzug an, die Türen öffneten sich, und eine Frau mit einem violetten Kleid stand davor. Sie machte einen Schritt auf sie zu, doch beim Anblick von Jess' Kappe blieb sie abrupt stehen und schnappte nach Luft wie ein Fisch an Land, ohne einen Laut herauszubringen.

»Können wir Ihnen helfen?«, fragte Jess' Mutter.

»Oh …«, stammelte die Frau, nachdem sie sich etwas gefasst hatte. »Rauf oder runter?«

»Rauf.«

»Aha. Ich muss runter. Danke.« Die Frau trat einen Schritt zurück und glotzte Jess immer noch an.

»Sie können den Mund jetzt wieder zumachen«, zischte Jess, als sich die Aufzugtüren schlossen.

»Schatz, das war unhöflich«, schimpfte ihre Mutter.

»Sie hat's ja nicht mehr gehört.«

»Schade …« Sie grinsten beide, ohne sich anzublicken.

Ihre Mutter drückte ein paarmal auf den Knopf mit der Vier und klopfte nervös mit dem Fuß. Der Aufzug setzte sich rumpelnd in Bewegung und nahm seine Fahrt nach oben wieder auf.

»Ich mag ihn nicht«, sagte Jess.

»Er ist sehr nett.«

»Zu dir schon. Mit mir redet er, als ob ich schwachsinnig wäre.«

»Er redet mit dir, als ob du ein Kind wärst.«

»Richtig.«

»Er ist ein sehr guter Arzt.«

»Woher willst du das wissen? Du hast keine medizinische Ausbildung.« Spiel, Satz und Sieg, dachte Jess.

»Setz deine Brille wieder auf!«, sagte ihre Mutter. »Im Korridor gibt's Fenster.«

»Aber, Mum ...«, begann sie.

»Jessica!«, sagte ihre Mutter mit Nachdruck. *Spiel, Satz und Sieg*.

2

Doktor Stannard war extrem groß, extrem dünn und, wie Jess fand, auch extrem nervig. Er hatte die Angewohnheit, den Oberkörper vorzubeugen, was ihn aussehen ließ wie eine Fahnenstange, die sich im Wind bog. Er war so groß, dass sein Vater bestimmt ein Riese gewesen war – also nicht nur ein normaler Mensch, der zufällig etwas groß geraten war, sondern ein echter Riese, wie jene in Märchenbüchern. Jess hatte mal eine ganz ähnliche Geschichte geschrieben, über einen besonders üblen Burschen, der in einer Höhle hauste, die bis zur Decke mit Knochen von bedauernswerten Menschen angefüllt war, die rein zufällig an seiner Höhle vorbeispaziert waren.

Doktor Stannard sah allerdings nicht so aus, als hätte er jemals in der Höhle gehaust. Aber wer weiß – vielleicht hatten seine Rieseneltern ja beschlossen, in die moderne Welt umzusiedeln? Falls ja, dann musste es für sie jeden Tag ein innerer Kampf gewesen sein, den Briefträger nicht aufzufressen, dachte Jess.

Ihr eigener Vater war, soweit Jess sich erinnerte, relativ normal groß. Doch weil ihre Mutter ihr nie klare Antworten gab, hatte Jess sich selbst ausdenken müssen, wohin er gegangen sein könnte. Falls jemand sie fragte, würde sie antworten, er sei von Aliens entführt worden, was eine zwielichtige Regierungsbehörde – denn Regierungsbehörden sind immer zwielichtig – natürlich zu verheimlichen versucht hatte.

»Jess?« Das war Doktor Stannard.

»Ja?«

»Der Doktor hat dich gebeten, deine Handschuhe auszuziehen«, sagte ihre Mutter.

»Aha«, sagte sie.

»Sie war wohl geistig abwesend, Mummy«, sagte der Arzt. Er nannte ihre Mutter immer »Mummy«. Das war idiotisch. »Du warst meilenweit weg, nicht wahr, Jess?«

»Ich glaub schon«, sagte sie.

»Woran hast du gedacht?«, fragte er.

»An Hundebabys«, erwiderte sie aufs Geratewohl.

Ihre Mutter bedachte sie mit einem Blick, der besagte: Ich weiß nicht, woran du gedacht hast, Süße, aber ich würde unser Haus verwetten, dass es keine Hundebabys waren.

Doktor Stannard aber schien sich mit dieser Antwort zufriedenzugeben.

Er nahm ihre Hand und drehte sie in alle möglichen Richtungen, dann rollte er den Ärmel hoch, um auch ihren Arm zu betrachten. Als er damit fertig war, ging er auf die andere Seite. »Und was ist das?«, fragte er.

»Was ist was?«, fragte Jess mit einem unschuldigen Lächeln zurück.

»Herrje, was ist das?«, fragte auch ihre Mutter besorgt.

»Es sieht jedenfalls nicht gut aus, nicht wahr, Jess? Nein, sogar ziemlich übel.«

Ihre Mutter beugte sich zusammen mit dem Arzt vor, und Jess blickte auf die Köpfe der beiden Erwachsenen hinunter, die eine verbrannte Stelle an ihrem Handgelenk begutachteten.

»Ich spüre es kaum«, behauptete sie.

Es war vor ein paar Tagen passiert. Ihre Mutter war hinten in der Küche gewesen, als draußen auf der Straße plötzlich jemand herumgebrüllt hatte. Mr Olmos von Nummer dreiunddreißig stand auf dem Gehsteig und schrie den Paketboten an, weil der ihm, wie er brüllte, seine neue Eismaschine schon wieder nicht gebracht hatte. Der Paketbote versuchte ihm klarzumachen, dass er nichts ausliefern könne, was noch nicht in der Verteilerstelle eingetroffen war, doch Mr Olmos hörte gar nicht hin. Der Paketbote sei ein unfähiger Trottel, tobte er weiter, und höchstwahrscheinlich ein Gauner, dem absolut zuzutrauen war, dass er anderer Leute Eismaschinen klaute.

Da hatte sich Jess ihre Kopfbedeckung übergestülpt und die Haustür geöffnet, um besser mithören zu können. Die Fenster im Erdgeschoss waren getönt, doch ins Freie durfte sie nur »in voller Montur« gehen, wie ihre Mutter es nannte. Jess mochte Mr Olmos. Er war ein rastloser Mensch, der sich ständig neue Hobbys einfing, so wie andere Leute einen Schnupfen. Diesen Monat hatte er beschlossen, sein Eis in Zukunft selbst herzustellen, und davor hatte er Mundharmonika spielen lernen wollen. Ein paar Wochen davor hatte er versucht, in seinem Garten vor dem Haus eine kleine Rakete zu bauen. Jess vermutete allerdings, dass er ziemlich erleichtert gewesen war, als seine Rakete am Ende doch nicht zündete.

Während sie sich das Gezeter anhörte, hatte es sie am Arm gejuckt, und sie hatte unbewusst den Ärmel zurückgeschoben, um sich zu kratzen. An ihrem nackten Arm! Erschrocken war sie ins Haus zurückgerannt und hatte die Tür zugeschlagen. Als sie ihren Arm betrachtete, konnte sie genau erkennen, bis wohin sie den Ärmel geschoben hatte: Die glatte weiße Haut am Handgelenk war, nach nur wenigen Minuten in der Sonne, zu wütenden roten Pusteln aufgelodert.

»Was war das?«, hatte ihre Mutter gefragt, die in den Flur gekommen war.

»Mr Olmos ist sauer wegen seiner Eismaschine«, erklärte Jess.

Ihre Mutter schüttelte den Kopf. »Herrje, dieser Choleriker!«

»Ich mag ihn«, sagte Jess.

»Du kannst schon mal die Kartoffeln schälen«, hatte ihre Mutter gesagt und war in die Küche zurückgeeilt.

Jess hatte ihren Ärmel wieder nach unten gezogen und sich ohne Murren an die Arbeit gemacht.

»Jess …«, sagte ihre Mutter nun und spielte mit einer losen Haarsträhne. »Wenn ich nicht darauf vertrauen kann, dass du auf dich aufpasst …« Sie schüttelte den Kopf. »Ich *kann* dich nicht jede Sekunde des Tages im Auge behalten!«

»Musst du auch nicht.«

»Du bist am helllichten Tag ins Freie gegangen!«

»Ich war komplett verhüllt.«

»Offenbar nicht.«

»Ich wollte mich nur schnell am Arm kratzen und habe vergessen, den Ärmel wieder ganz runterzuziehen – es ist ja nicht so, dass ich es mit Absicht gemacht hätte!«

»Nicht in diesem Ton, Fräulein!«

»Ich habe keinen Ton.«

Ihre Mutter blickte zu Doktor Stannard hoch, der sie beide mit einem Gesichtsausdruck ansah, der förmlich

Ich verstehe schrie. Jess hätte ihm am liebsten seinen eigenen Tacker um die Ohren gehauen.

»Was meinen Sie, Herr Doktor?«, seufzte ihre Mutter.

»Ich meine, dass sie besser aufpassen muss, Mummy. Sehr viel besser.«

»Hast du gehört, was der Doktor gesagt hat, Jess?«

Jess öffnete den Mund, um etwas darauf zu sagen. Sie wollte die beiden anbrüllen, dass es ein Unfall gewesen war, dass sie *gut* aufpasste, dass sie *immer* aufpasste. Doch sie verkniff es sich und erhob sich von ihrem Stuhl. »Kann ich jetzt gehen?«

»Wohin?« Ihre Mutter stand ebenfalls auf.

»Spazieren. Ihr könnt sicher leichter über mich reden, wenn ich nicht dabei bin.« Der Blick ihrer Mutter war messerscharf. »Bitte«, fügte Jess hinzu.

»Aber nur in voller Montur.«

»Ich weiß.« Jess nahm die Kopfbedeckung von dem Schreibtisch, der aussah, als sei er aus Plastik.

Ihre Mutter setzte sich seufzend wieder hin. »Gut, fünf Minuten«, sagte sie. »Nicht mehr.«

Jess salutierte militärisch und ließ die Tür hinter sich zufallen.

3

Sie setzte ihre Brille auf und verzog das Gesicht, als die orangefarbenen Gläser die Welt eine Spur farbloser machten. Ein trauriger, gemalter Regenbogen zierte eine Wand des Krankenhausflurs. Ein Pfleger schob einen Rollstuhl vorbei, dessen Räder wie ein Vögelchen zwitscherten. Darin saß eine alte Frau, die Jess von Kopf bis Fuß beäugte. »Armes Ding«, sagte sie, als sie an Jess vorbeirollte. »Alles wird wieder gut.«

Jess wusste, dass es für Erwachsene schwierig war, sie in voller Montur zu sehen. Vermutlich hatten sie keine Ahnung, warum ein Kind in einem Anzug herumrennen musste, in dem es wie ein Imker aussah. Für sie war es klar, dass dieses Kind *nicht normal war* und deshalb *ihr Mitleid brauchte*. Doch Jess wollte kein Mitleid, von niemandem. Sie hatte alles, was sie brauchte. Ihre Mutter zum Beispiel. Ihre Mutter, die sie manchmal verrückt machte und entmutigte, aber auch wunderbar war.

Und dann hatte sie natürlich ihre Geschichten. Erst an diesem Morgen hatte sie wieder an ihrem *Großen Buch voller Geschichten* geschrieben. Dieses Werk würde sie eines Tages reich und berühmt machen, und dann würde sie sich einen schöneren Schreibtisch kaufen, um ihren Traum zu verwirklichen und *Das größte Buch voller Geschichten* zu schreiben.

Sie bog um ein paar Ecken, doch jeder Gang sah fast genauso aus wie der letzte. Die Neonbeleuchtung tauchte alles in ein blaugrünes, kaltes Licht. Hier und da gab es Reihen von orangefarbenen, an die Wand geschraubten Plastikstühlen. Jess kam zu einem Fenster. Ein Sonnenstrahl fiel durch die Glasscheibe, und Jess ließ ihn über ihre Handschuhe tanzen, mit einem vertrauten Schauder von Sehnsucht und Angst. Ich könnte sie ausziehen, dachte sie und stellte sich vor, wie Doktor Stannard dann ausrasten würde.

Ein Fußball, der direkt vor ihr an die Scheibe donnerte, riss sie unsanft aus ihrem Tagtraum.

Sie blickte nach unten und sah eine Gruppe von Kindern. Eines von ihnen, ein schmächtiger Junge, stieg in das Beet, das entlang der Mauer des Krankenhauses verlief, um zwischen den Sträuchern herumzuwühlen. Seine Freunde liefen umher und unterhielten sich so lautstark, als stünden sie auf verschiedenen Straßenseiten, obwohl sie in Wirklichkeit fast direkt nebeneinander standen.

»Mach schon!«, rief eines der Mädchen. Sie hatte die gleichen aschblonden Haare wie der Junge. Seine Schwester, dachte Jess. Da kam ein kurzer Aufschrei aus dem Gebüsch, und gleich darauf tauchte der Junge mit feuerroten Quaddeln an den Armen wieder auf und sah genauso ramponiert aus wie der Fußball, den er mitbrachte.

»Was hab ich gesagt!? Man darf ihn nicht kicken!«, schimpfte das Mädchen. »Du gehst jetzt sofort nach Hause und holst einen anderen.« Der Junge wollte protestieren, doch er war schnell überstimmt. Als er davonrannte, schlenderte der Rest der Gruppe weiter, zu dem Park am Ende der Straße.

In Jess' Brust machte sich das nur allzu vertraute Gefühl von Leere breit, als wenn jemand mit einer Eiskugelkelle darin herumstochern würde.

Das aschblonde Mädchen blieb stehen und bückte sich, um ihre Schnürsenkel zu binden, wodurch sie ein Stück hinter den anderen zurückblieb.

Sie sah interessant aus, wie Jess fand. Ihre Kleidung war ihr etwas zu groß, und ihre Jeans war abgewetzt und hatte Grasflecken an den Knien. Wie würde das Mädchen reagieren, wenn Jess zu ihr ginge und sich einfach vorstellen würde? Wie es wohl wäre, einen Nachmittag mit diesen Kindern zu verbringen, in der Sonne Ball zu spielen, einander zu ärgern und über alles zu reden, was einem gerade in den Sinn kam?

Jess ertappte sich bei einem Lächeln – ein Lächeln, das wie der Schaum einer frisch eingeschenkten Limonade aufsprudelte und sich genauso schnell wieder legte. Denn in diesem Moment hob das Mädchen den Kopf und sah sie.

Jess hob grüßend eine Hand, doch das Mädchen unten reagierte nicht. Da zog ein Wolkenfetzen vor der Sonne vorbei, und Jess konnte in der Fensterscheibe ihr Spiegelbild sehen – und sie sah sich so, wie das Mädchen sie sah. Sie konnte sehen, dass ihr Gesicht verhüllt war und dass die Hand, mit der sie gewunken hatte, in einem dicken weißen Handschuh steckte.

Abrupt wandte sie sich vom Fenster ab und wünschte sich nichts sehnlicher, als unsichtbar zu sein. Ihr Gesicht und ihre Brust brannten lichterloh, und sie hörte das Blut in ihren Ohren pulsieren. Kein Wunder, dass das Mädchen nicht zurückgewinkt hatte. Jess sah ja nicht mal wie ein Mädchen aus. Sie war anders. Sie war *sonderbar*.

4

Eine Krankenschwester mit Haaren wie Stahlwolle kam aus dem gegenüberliegenden Zimmer und ging dann schnellen Schrittes den Flur entlang. Bevor die Tür wieder zufiel, konnte Jess einen Blick auf ein Krankenbett erhaschen. Ein Bett, in dem ein Junge lag. Ohne lange zu überlegen, sah sie sich kurz um und huschte dann in dieses Zimmer.

Das Zimmer war leer, abgesehen von dem Jungen in dem Bett, der etwa in ihrem Alter war. Auf seinem Nachttisch stand eine Vase mit gelben Blumen, auf dem Fenstersims waren etliche Gute-Besserung-Karten aufgereiht. Jess griff nach einer, die umgefallen war, und stellte sie wieder hin. Darauf war eine Babymaus mit Schlappohren abgebildet, gut zugedeckt und mit einem Thermometer im Mund.

Der kranke Junge rührte sich nicht. Er hatte die Augen geschlossen und war mit Schläuchen gespickt, die mit mehreren Geräten und Maschinen verbunden waren. Grüne Lichter blinkten, und in einem nervtötenden Rhythmus ertönte ein monotoner Piepton.

Jess ließ die Jalousien herunter und nahm Kopfbedeckung und Brille ab: halbe Montur. Augenblicklich füllte sich ihre Nase mit dem Duft von Blütenstaub. Sie beugte sich über den Blumenstrauß und atmete tief ein, um so den strengen antiseptischen Krankenhausgeruch zu übertünchen.

Auf dem Nachttisch stand ein Foto, an die Blumenvase gelehnt. Darauf war eine Familie auf einem baufällig aussehenden Anlegesteg zu sehen, der auf einen gefrorenen See hinausführte. Mit Raureif überzogene Blumenbeete waren im Vordergrund, in der Ferne ragten schneebedeckte Berge empor. Sonnenstrahlen tanzten auf dem Eis, und Jess verspürte plötzlich einen Druck und eine Enge in ihrem Brustkorb. Sie schob diesen Anflug von Traurigkeit beiseite und wandte sich dem Jungen zu.

Er war fast so farblos wie sie selbst. Die blasse Haut an den Schläfen war mit einem Spinnennetz blauer Adern überzogen. Sein Brustkorb hob und senkte sich mit einem leisen Zischen. Er war dünn – dünner als auf dem Foto. Auf dem Foto grinste er in die Kamera und stand zwischen seinen Eltern, die über etwas lachten, was man auf dem Foto nicht sehen konnte.

Wer war er? Der Sohn eines Spions, dachte sie spontan. Sein Vater – nein, seine Mutter – arbeitete für die Regierung an einem der gefährlichsten Orte der Welt. Sie sprach acht Sprachen, hatte einen schwarzen Gürtel im Judo und konnte aus dem Stand zwölf Saltos rückwärts machen. Für Jess stand fest, dass so eine Frau ihren Sohn höchstwahrscheinlich dafür trainiert hatte, dass er in ihre Fußstapfen treten konnte. Mit gerade mal zwölf Jahren konnte er aus hundert Metern Entfernung bereits den Deckel von einer Flasche schießen, einen Hubschrauber fliegen und in der Wildnis mit nur einer Regenjacke und einer Büchse Bohnen überleben.

Aber warum lag er hier? Nun, das war klar. Seine Mutter hatte in einem Korruptionsskandal auf höchster Ebene ermittelt und war aufgeflogen. Deshalb waren Agenten geschickt worden, die ihre Familie gefangen nehmen sollten, doch die hatte sie mit nichts als dem Inhalt ihrer Besteckschublade abwehren können. Mit der Kugel, die ihren Sohn ins Koma gerissen hatte, war ihr das leider nicht gelungen …

Mit einem Mal fühlte sich Jess sehr müde und begrub ihren Kopf zwischen den Händen. »Tut mir leid«, sagte sie schließlich, und ihre Stimme klang dünn und gekünstelt in dem stillen Raum. »Es muss schrecklich sein, einfach nur dazuliegen mit all diesen Schläuchen in den Armen. Und die ganze Zeit nichts als die Ärzte und Krankenschwestern zu hören, wie sie über dich reden.«

Einen verrückten Moment lang rechnete sie halb damit, der Junge würde ihr antworten, aber natürlich war außer dem langsamen Raspeln seiner Atemzüge nichts zu hören. Wo bist du?, fragte sie stumm. War sein Geist irgendwo an einem anderen Ort? Träumte er? Oder wartete er einfach nur? Darauf, dass sich etwas veränderte, damit er wieder aufwachen konnte?

Jess setzte sich behutsam auf seine Bettkante und spürte, wie die Matratze unter ihr etwas einsank. »Ich kann mir ziemlich gut vorstellen, wie du dich fühlst. Was die Ärzte betrifft, meine ich. Ich muss alle paar Wochen herkommen, und sie tun nichts anderes, als über mich zu reden, darüber, wie es mir geht oder was ich als Nächstes tun soll. Aber niemand fragt mich direkt, nicht wirklich. Weißt du, was ich mir wünsche? Ich wünschte, es gäbe keine Sonne, gar keine. Keine Sonne für niemanden, dann wären alle wie ich. Klingt das gemein? Sich zu wünschen, dass alle anderen ebenfalls im Dunkeln leben müssen? Ist mir egal.«

Sie zog sich einen Handschuh aus, griff nach der Hand des Jungen und rechnete halb damit, er würde seine Finger um ihre schlingen. Aber natürlich geschah das nicht; sie blieben einfach liegen, reglos und kalt. So kalt, dachte sie. Eine plötzliche Panik erfasste sie. Wie konnte ein Mensch so wenig Wärme im Körper haben und trotzdem noch leben? Aber andererseits könnten die Leute sich auch fragen, wie jemand ohne Sonnenlicht leben kann, so wie sie.

»Nein, doch nicht«, sagte sie schließlich. »Ich möchte doch nicht, dass alle anderen wie ich wären. Aber ich wünschte, es gäbe einen Ort, an den ich gehen könnte, ohne Angst vor der Sonne haben zu müssen.« Sie stieß einen langen, traurigen Seufzer aus.

Da entdeckte sie auf einem Stuhl in der Ecke eine Tasche. Abgewetztes, braunes Leder. Eine Damenhandtasche, ganz ähnlich wie die ihrer Mutter. Sie war halb offen, und Jess konnte einen Schlüsselbund sehen, was bedeutete, dass die Besitzerin der Tasche vermutlich nur kurz aus dem Zimmer gegangen war. Und das wiederum bedeutete, dass sie demnächst zurückkommen würde. Sprich: Jess musste möglichst schnell verschwinden, bevor sie lange Erklärungen abgeben müsste.

»Ich hoffe, du wachst bald wieder auf«, flüsterte sie, beugte sich über ihn und strich eine Haarsträhne zurück, die ihm in die Augen gefallen war. »Und ich hoffe auch, dass du bis dahin schöne Träume hast.«

Im Zickzack eilte sie dann zum Sprechzimmer von Doktor Stannard zurück, vor dem ihre Mutter bereits auf sie wartete. »Ich sagte: fünf Minuten.«

Jess nickte. Das hier war keinen Streit wert.

»Wir müssen deine Brandwunde verbinden lassen.«

»Ich habe doch gesagt, dass es nicht schlimm ist.«

»Es sieht aber schlimm aus, und das weißt du.«

»Ich will aber nicht.«

»Du musst trotzdem mitkommen.« Dann wurde die Stimme ihrer Mutter etwas weicher: »Komm schon, meine Kleine, es dauert ja nicht lange. Wir gehen nur kurz zu einer Krankenschwester, und danach können wir nach Hause.«

Noch mehr stochern und rumdrücken, dachte Jess. Mehr und mehr und noch mehr. Sie hatte es satt, so satt. Etwas musste sich ändern.

5

Jess lag im Bett und hörte das arthritische Knacken der Stufen, als ihre Mutter hochkam, um ebenfalls schlafen zu gehen. Ein paar Minuten später erlosch der Lichtschein unter der Tür von Jess' Zimmer, doch sie wartete weiter. Durch die Bäume vor ihrem Fenster fiel Licht von der Straße herein und warf Schatten an die Wand.

Erst als sie sich ganz sicher war, dass das Haus tief und fest schlief, schlüpfte sie wieder aus dem Bett und zog sich Jeans und ein T-Shirt an. Auf den Zehenspitzen schlich sie nach unten und blieb erst an der Haustür kurz stehen, weil sie nicht glauben konnte, was sie da tat.

Ich meine, dass sie besser aufpassen muss, Mummy. Sehr viel besser … Bei der Erinnerung an Doktor Stannards Stimme zuckte Jess zusammen. Doch dann schloss sie die Haustür auf und ging entschlossen hinaus auf die Straße. Ihr Magen entkrampfte sich etwas, und plötzlich war sie nichts weiter als ein normales Mädchen in normaler Kleidung, das tun konnte, was immer ihm Spaß machte. Ihr Herz begann zu rasen, und sie konnte nicht verhindern, dass sich ein breites Grinsen auf ihrem Gesicht ausbreitete. Ich tu's, dachte sie, ich tu's wirklich!

Die Nachtluft war suppig und warm, doch Jess fröstelte, als eine leichte Brise über ihre nackten Arme strich. In den Wintermonaten machte ihre Mutter oft einen Spaziergang mit ihr, wenn es dunkel war, doch im Sommer, wenn die Sonne erst unterging, wenn Jess bereits im Bett sein musste, war ihr dieses Glück nicht vergönnt. Jess hatte argumentiert, dass für sie keine normalen Regeln gelten dürften, doch ihre Mutter hatte Doktor Stannard dazu befragt, der ihr daraufhin einen Vortrag über die Vorzüge von geregelten Schlafenszeiten gehalten hatte.

Sie blickte zu ihrem Haus zurück, das genauso aussah wie alle anderen Häuser in dieser Straße. Zwei Stufen führten zu einer schwarzen Haustür, über der zwei Fenster im oberen Stockwerk wie ein Augenpaar auf sie herabblickten. Das linke Fenster gehörte zum Zimmer ihrer Mutter. Was, wenn sie aufwacht?, dachte Jess bestürzt. Klar, sie könnte wieder hineingehen, das wäre ganz leicht, aber hier draußen gab es eine ganze Stadt, die sie immer nur durch die getönten Autofenster oder durch die orangefarbene Brille ihrer Montur gesehen hatte. Und noch schlimmer war die Art, wie die Stadt *sie* sah –

als ein merkwürdiges Wesen, das man anstarren und über das man tuscheln konnte.

Sie atmete langsam und tief aus und marschierte dann los. Ihre Straße war ein schmales Asphaltband zwischen roten Backsteinhäusern, an dessen Ende es einen Tante-Emma-Laden gab. Das leuchtend blaue Ladenschild, das vermutlich fröhlich aussehen sollte, wirkte in Wirklichkeit irgendwie nur armselig.

Das ist weit genug, sagte sie sich. Es war mitten in der Nacht, deshalb musste es weit genug sein. Und doch ging sie weiter, durch ein Labyrinth von Häusern, bis sie schließlich in der Hauptstraße ankam. Der Trommelwirbel in ihrem Kopf wurde immer schneller und lauter, je größer ihre Aufregung wurde.

Die Geschäfte in der Hauptstraße schliefen allesamt, ihre Rollläden sahen wie geschlossene Augenlider aus, auf denen sich matt die Straßenlaternen spiegelten. Jess wusste, dass es hier tagsüber von Menschen wimmelte, doch nachts war die Stadt ein ganz anderer Ort. Abfälle in allen möglichen Farben verstopften die Rinnsteine, und in der Luft hing der schwere Geruch von Frittiertem und Essig.

Sie wunderte sich nicht, dass sie angestarrt wurde – dass ein Mädchen nachts allein durch die Gegend spazierte, war schließlich eher ungewöhnlich, und außerdem war sie recht klein für ihr Alter. Ein Pärchen mittleren

Alters, Hand in Hand, blieb stehen, und einen Moment lang hatte Jess Angst, sie würden sie fragen, wo ihre Eltern wären. Doch sie ging unbeirrt weiter, so, als hätte sie jedes Recht der Welt, hier zu sein, obwohl sie sich innerlich schrecklich klein fühlte. Als sie an dem Pärchen vorbeiging, merkte sie, dass dessen Blicke von ihr abglitten. Sie lächelte vor sich hin. Alles in Ordnung. Sie war praktisch unsichtbar.

Die Weston Road führte abwärts, von der Hauptstraße hinunter in den besseren Teil der Stadt. Auf der einen Seite standen große Häuser, auf der anderen Seite gab es nur ein Geländer. Dahinter war ein Abhang, auf dem vereinzelt niedrige Bäume und Sträucher wuchsen. Ein Weg führte hinunter zu einem Park, in dem die Straßenlaternen seltsame Formen auf das graue Gras warfen. Ein kleiner See glänzte wie ein silbrig-schwarzer Spiegel.

Jess stützte sich auf das Geländer, das in der schwülen Luft erfrischend kühl war. Von hier aus konnte sie einen nur spärlich beleuchteten Spielplatz sehen, gleich neben den Sportplätzen. Um diese Zeit war hier nichts los. Die Metallgeräte waren so blank wie von der Sonne ausgebleichte Tierknochen, die irgendwo in der Wüste gestrandet und vergessen worden waren.

Das Tor quietschte, als sie es aufschob und dann den Zickzackweg hinunterging. Auf dem Spielplatz angekommen, setzte sie sich auf eine der Schaukeln und holte Schwung, um durch die Luft zu fliegen, und immer wenn ihre Schuhe über den Boden streiften, wirbelte Staub auf. Besser als nichts, dachte sie und fand, dass das Schaukeln im Schein einer Laterne sie ein kleines bisschen für das entschädigte, was sie tagsüber versäumte.

Es war kinderleicht, sie sich vorzustellen – die Kinder vom Tag. Jess sah sie genauso mühelos vor sich wie die Figuren ihrer Geschichten, und sie begann, laut zu reden. Sie schilderte die Szene, die sie vor ihrem geistigen Auge sah, so flüssig, als würde sie aus einem Buch vorlesen. Dort, auf der Wippe, ein Bruder und eine Schwester – ganz offensichtlich Zwillinge. Die Frau neben ihnen war mit großer Wahrscheinlichkeit ihre Mutter, denn alle drei hatten ähnlich dicke, schwarze Haare. Die Mutter musste zur Seite springen, als zwei kleine Jungs an ihr vorbeiflitzten und dabei Geräusche wie ein Polizeiauto machten. Die Frau verzog den Mund und sah ihnen kopfschüttelnd nach.

Auf der anderen Seite wurde ein indisches Mädchen, das über das ganze Gesicht strahlte, am Klettergerüst von einem jüngeren blonden Mädchen angefeuert, sich noch weiter hoch zu wagen; ein Vater versuchte vergeblich, ein schreiendes Kleinkind auf die Rutsche zu setzen; drei Mütter saßen nebeneinander auf einer Bank und hatten je ein Auge auf ihr Handy, das andere auf ihren

Sprössling gerichtet. Die Rufe, Schreie und das Lachen verschmolzen zu einer herrlichen und bizarren Geräuschkulisse. Auf dem Spielplatz herrschte ein lebendiger, wundervoller, chaotischer Trubel.

Und dann war es plötzlich vorbei. Der Spielplatz war einfach nur dunkel und leer. Die Ketten der Schaukeln klickten und quietschten in der leichten Brise. Jess war verstummt.

Als sie noch klein gewesen war, hatte ihre Mutter andere Kinder eingeladen, die mit ihr spielen sollten, doch es war immer schwierig gewesen. Es war nicht leicht, mit einem kleinen Mädchen befreundet zu sein, das nicht ins Freie und nicht zur Schule gehen konnte. Jess erinnerte sich noch gut an den Tag, an dem das alles ein jähes Ende gefunden hatte, nämlich als ihre beiden vermeintlichen Freundinnen sagten, sie hätten ein Lied für sie gemacht. Jess hatte sich mächtig gefreut und mit strahlenden Augen darauf gewartet, dass sie ihr dieses Lied vorsangen.

Die komische Jess darf nicht raus,
immer bleibt sie im Haus.
Die komische Jess versteckt sich daheim,
und so wird es immer sein.

Immer und immer wieder hatten sie ihr diesen Vers vorgegrölt, bis salzige Tränen über Jess' Wangen liefen. Glücklicherweise hatte ihr Schluchzen dann endlich ihre Mutter herbeieilen lassen.

Nach diesem Tag hatten sich zwei Dinge verändert: Es waren keine Kinder mehr zum Spielen zu ihr gekommen, und Jess hatte nie wieder vor Fremden geweint.

Kinder wie sie kommen zum Spielen hierher, dachte sie nun. Sie haben bestimmt schon an diesen Geräten herumgeturnt. Aber nie mitten in der Nacht, wie sie es tun musste. Sie sahen einen ganz anderen Spielplatz als sie.

Plötzlich ein Geräusch. Jess hielt inne und spitzte die Ohren. Nichts. Da war nichts, und doch setzte in ihrem Hinterkopf ein neuer Trommelwirbel ein, der sich verdächtig nach »Hier stimmt etwas nicht, hier stimmt etwas nicht« anhörte. Jess rutschte von der Schaukel und starrte auf den schmalen, von Bäumen gesäumten Pfad, der zur Hauptstraße hinaufführte.

Das war ihr Nachhauseweg. War dort oben etwas, das nur darauf wartete, sich auf sie zu stürzen? »Hier stimmt etwas nicht, hier stimmt etwas nicht« ging der Trommelwirbel weiter. Ihr Nacken prickelte, und sie bekam eine Gänsehaut, als wenn ihr ein eisiger Luftzug ins Gesicht blasen würde.

Es könnte alles Mögliche sein. Ein Fuchs oder ein Kaninchen. Oder ein … ein Etwas. Etwas, das sich versteckt hat und mich beobachtet.

Das war zu viel für sie – Panik erfasste sie wie eine

Sturzwelle, die ein Boot überspülte, und sie blickte sich hektisch um und suchte nach einem anderen Weg, um wieder nach Hause zu kommen. Der Spielplatz war von dicht stehenden Nadelbäumen umgeben. Wenn sie sich zwischen ihnen durchdrückte, könnte sie über die Sportplätze rennen und auf der anderen Seite wieder nach oben laufen. Jess suchte, bis sie eine schmale Lücke entdeckte, durch die sie sich zwängen konnte.

Der strenge Geruch der Tannen drang ihr in Nase und Mund, als wenn sich die Bäume in ihrer eigenen Sprache zurufen würden, dass ein Eindringling in ihrer Mitte war. Dunkle grüne Äste kratzten und kitzelten sie. Selbst die Tannennadeln, mit denen die Erde übersät war, verhielten sich abwehrend und protestierten, indem sie bei jedem ihrer Schritte knackten. Jess hielt sich eine Hand vors Gesicht, mit der anderen schob sie die Äste aus dem Weg. Es fühlte sich fast an, als würde sie zwischen den Bäumen hindurch auf die andere Seite schwimmen.

Doch es war kein guter Fluchtweg. Jess fand sich in einem schmalen Gang wieder, mit Bäumen im Rücken und einer undurchdringlichen Lorbeerhecke vor ihr. Mit Schrecken stellte sie sich vor, wie das *Ding*, das hinter ihr her war, gerade mit schweren, nassen Schritten den Spielplatz überquerte – eine triefende Kreatur der Nacht. Erneut wurde sie von einem eisigen Windstoß gestreift, der so gar nicht in eine Sommernacht passte.

Sie musste einen Durchgang finden. Deshalb kämpfte sie sich tapfer weiter, bis sie zum Glück eine Lücke in der Hecke fand. Jetzt musste sie sich nur noch zu den Sportplätzen auf der anderen Seite durchzwängen und dann losrennen – zurück zur Straße, durch die Stadt und in ihr Bett.

Jess zwängte sich durch die Hecke und in das Unmögliche.

6

Jess' Verstand schlug Purzelbäume, als er vergebens zu verstehen versuchte, was sie da plötzlich vor sich sah. Stotternd kam er dann aber zum Erliegen, weil er einsah, dass er mit etwas so Seltsamem und Unlogischem nicht klarkam. Dann erwachte er langsam wieder zum Leben, und ihm wurde bewusst, dass er gerade ein Wunder erlebte. Denn mit dem ersten Schritt durch die Lücke hatte sich die ganze Welt um Jess herum verändert.

Zum einen war der Mond verschwunden. Vor wenigen Sekunden war er noch da gewesen, doch nun war er nicht mehr zu sehen. Genau genommen sah der ganze Himmel anders aus. Anstelle des vertrauten dunklen, mit Sternen übersäten Tischtuchs sah Jess nun einen gesprenkelten Abendhimmel mit dem grandiosesten Sonnenuntergang, den man sich nur vorstellen kann. Von einem zarten Lila in der Ferne verdichtete er sich über ihrem Kopf zu einem tiefen Violett. Und er war von Wolken durchzogen, deren Ränder glühten, obwohl weit und breit keine Sonne zu sehen war.

Zum anderen hatte Jess eine Gänsehaut an den Armen. Die Nachtluft war kein weicher Sommerbalsam mehr, sondern eher ein schneidender Frost.

Und am bemerkenswertesten war, dass alles vor Jess weiß glitzerte. Als sie ein paar zögerliche Schritte machte, hörte sie es unter ihren Sneakers knirschen. Sie blickte nach unten und sah, dass sie zwar über einen Rasen ging, doch statt aus Gras bestand er aus Frosthalmen. Sie blickte nach hinten und sah ihre Schuhabdrücke in die Eisdecke eingedrückt.

Sie befand sich in einem Garten, wie ihr klar wurde. In einem Garten, der komplett aus Eis bestand. Allerdings war er nicht nur mit Eis *bedeckt*, wie ein normaler Garten an einem frostigen Morgen oder nach einem Schneefall es wäre. Es war vielmehr so, dass jeder Baum, jedes Blatt, jede Blume und jeder Grashalm schlichtweg aus Eis *bestand*.

Jess kniff kurz die Augen zu und rechnete fest damit, dass diese Fata Morgana verschwunden sein würde, wenn sie erneut hinschaute. Doch sie war noch da. Das alles war real. In der eisigkalten Luft konnte sie ihren Atem sehen. Sie hatte das Gefühl, als wenn ein straffer Faden durch sie hindurchging, der in einer Tonhöhe vibrierte, die irgendwo zwischen Panik und freudiger Überraschung lag.

Hinter ihr erhob sich eine riesige weiße Mauer, die so hoch war, dass sie erst außerhalb ihres Blickfelds endete. In der Mitte war der schmale Spalt, durch den sie gekommen war. Vorsichtig betastete sie diese Mauer aus Eis, die massiv und merkwürdig glatt war und so aussah, als würde sie nie enden. Als Jess durch die Lücke gekommen war, war diese nur ein paar Zentimeter dick gewesen. Sie ging noch einmal auf die andere Seite, die noch genau gleich aussah wie vorhin: eine Lorbeerhecke, an die sich Tannen anschlossen. Es war Sommer, und ein runder Mond stand am Himmel. Alles um sie herum war einfach nur ... normal. Doch als sie dann erneut durch die Lücke ging, veränderte sich auf einen Schlag alles wieder. Es war, als würde man ein Auto betrachten, dann auf die andere Seite gehen und feststellen, dass es eigentlich ein Elefant war. Beide Seiten wirkten aber völlig echt – ganz ohne Tricks oder optische Täuschungen.

Das kann nicht stimmen, dachte Jess. Das ist nur ... Aber was war es denn? Was könnte eventuell erklären, was sie mit eigenen Augen sah?

Sie untersuchte die Lücke und entdeckte, dass sich um die Zweige der Hecke, die an manchen Stellen herausragten, Eis gebildet hatte. Direkt über dem Boden gab es sogar eine zerdrückte Getränkedose, die unter einem Ast festgefroren war, wie ein uraltes Insekt, in Bernstein eingesperrt. Nein, es gab keine andere Erklärung – diese Lücke war ein Übergang zwischen zwei Welten. Auf der einen Seite gab es alles, was Jess vertraut war, auf der anderen eine Art Eisblumengarten.

Hier war es still, so still, dass es fast beängstigend war. In der Stadt hörte man immer etwas, entweder das Rauschen des Verkehrs in der Ferne oder ein Flugzeug am Himmel. Doch die Stille in diesem Eisblumengarten war so rein und klar wie die Luft selbst. Keine Geräusche ihrer eigenen Welt drangen bis hierher. Sie war komplett allein, wie Jess plötzlich bewusst wurde. Niemand, der sie störte. Und niemand, der mir sagt, was ich tun soll.

Sie verschränkte die Arme vor der Brust und rieb sich die Oberarme, um wieder etwas Wärme hineinzubringen. Einen Moment lang überlegte sie sich, kurz nach Hause zu laufen und eine Jacke und einen Pullover zu holen, aber was wäre, wenn sie diese Stelle dann nicht mehr finden würde? Oder noch schlimmer: Wenn sich der Zugang verschließen würde, während sie weg war?

Sie vergrub die Hände tiefer in den Taschen und entschied sich dann, über den Hauptweg zu gehen und die kleineren Wege, die hin und wieder seitlich abzweigten, nicht zu beachten. Das Eis, das sie umgab, war nicht überall gleich klar, wie sie sah. Die Blumen hatten tausend verschiedene Farbnuancen und waren mit Spuren von Farbe übersät. Sie bückte sich, um eine Blume zu pflücken, und der Stängel brach wie ein Eiszapfen, den man von einem Fenstersims ablöste. Bei näherem Hinsehen sah sie, dass er durchscheinend war, aber auch zart schimmernde, gezackte Risse hatte. Jess merkte, dass sie die Luft anhielt, als befürchtete sie, schon die kleinste Veränderung würde den Zauber brechen.

Auf einer Seite gab es eine kleine Anhöhe, und die steuerte Jess nun an, weil sie hoffte, von dort aus einen besseren Überblick zu haben. Sie ging am Fuß der Anhöhe entlang, bis der Weg steil anstieg. Dabei kam sie ins Keuchen und konnte ihren Atem sehen. Oben auf der Kuppe war ein Eisblock, etwa so groß wie ein großer Mann. Ungefähr so groß wie Doktor Stannard, dachte sie und schob den Gedanken an ihn rasch wieder beiseite. Auf einer Seite dieses Felsblocks gab es eine Aushöhlung, die wie eine Art Sitz aussah. Ein Thron, sagte sie sich, als sie sich darauf niederließ, um sich gründlich umzusehen.

Der Garten erstreckte sich ringsum wie die Parklandschaft eines Landhauses, mit dem einzigen Unterschied, dass alles silbrig-weiß glitzerte. Ein Spinnennetz von gewundenen Wegen verlief kreuz und quer durch das Gelände mit einigen sanft geschwungenen Hügeln. Hier und da standen einzelne, riesige Bäume, die wie Wachposten aussahen, während kleinere Bäume in Gruppen zusammenstanden, als würden sie sich miteinander unterhalten. Den Rand des Gartens bildete ein Ring aus Bäumen, was aussah, als würde der ihn behutsam zusammenhalten.

Ihre Augen schweiften über diese Landschaft, saugten hungrig jedes einzelne Detail in sich auf, und sie begann, den Dingen einen Namen zu geben, als wären es Elemente in einer ihrer Geschichten. Dort unten, zwischen den Blumenbeeten, stand ein majestätischer Baum mit einem gekrümmten Stamm, der zwei Zweige nach vorne streckte, als wären es zwei Arme. Der Alte Mann, dachte sie. Auf der anderen Seite ihres »Throns« führte ein langer Abhang, mit silbrigem Gras bewachsen, elegant nach unten – »Gleitfläche« wäre ein guter Name für ihn. In der realen Welt hatte alles, was man sah und wo man ging und stand, bereits einen Namen, den jemand dieser Sache gegeben hatte. Doch dieser »Eisblumengarten« war noch unentdecktes Territorium. Ich kann hier alles nennen, wie ich möchte, dachte sie.

In einiger Entfernung, am Fuß der *Gleitfläche*, standen hohe Hecken, die in einem seltsamen Muster angeordnet waren. Jess erhob sich und kniff die Augen zusammen, um besser sehen zu können. Auf einmal konnte sie das Muster erkennen und begriff, was sie da sah.

»Ein Labyrinth«, sagte sie laut. Ein Labyrinth!

Sie lachte, ganz plötzlich und übermütig. Sie breitete die Arme aus und begann, sich auf der Stelle im Kreis zu drehen, während sie weiterlachte. Tausende von Gedanken schwirrten ihr durch den Kopf, und eine Vielzahl von Gefühlen brodelten in ihr hoch – wachgerufen von diesem verrückten, unmöglichen Ort, den sie entdeckt hatte. Dieser Garten gehörte nur ihr und niemandem sonst.

Doch das Lachen blieb ihr im Hals stecken, als sie plötzlich etwas entdeckte, das ihr bisher entgangen war. Sie ging an den oberen Rand des Abhangs. Hier war der Untergrund hart und glatt und nicht mit Eisgras bewachsen. Und es gab eine Stelle, wo der Wind eine flache Schneeverwehung geschaffen hatte. Und genau an dieser Stelle, in der Mitte, sah sie einen Fußabdruck. Sie starrte mit offenem Mund auf diesen Abdruck: Er stammte eindeutig nicht von einem Tier, sondern von einem Menschen. Und eindeutig nicht von ihr.

»Hier muss noch jemand sein«, wisperte sie vor sich hin, und wie als Antwort darauf wehte ihr ein schwacher Windstoß ins Gesicht.

7

D*as Große Buch voller Geschichten* würde sich nicht von allein schreiben. Dass sie eine bizarre neue Welt entdeckt hatte, bedeutete nicht, dass sie ihre Aufgabe vernachlässigen durfte. Ihr großes Projekt. Jess hatte ihren Lieblingsfüller und einige Blatt Papier vor sich liegen und schaltete ihre Schreibtischlampe ein. Die Versuchung, einfach nur die Ereignisse der vergangenen Nacht niederzuschreiben, war fast überwältigend. Wenn sie diese Wucht an neuen Eindrücken in sorgfältig gewählte Worte und Sätze umwandeln könnte, würde sie vielleicht besser begreifen, wo sie gewesen war. Aber das war eigentlich unmöglich, oder? Wie könnte es ihr helfen, etwas so Unglaubliches und Überwältigendes zu verstehen, indem sie es aufschrieb?

Und es gab noch etwas, was sie davon abhielt – wann immer sie an diesen Fußabdruck dachte, stieg eine beklemmende Angst in ihr auf, bitter wie Galle und ätzend.

Ich war nicht allein, dachte sie. In ihrem frostigen Paradies gab es noch jemanden. Jemand, der sie möglicherweise beobachtet hatte …

Oder doch nicht?, fragte sie sich. War das, was sie für einen Fußabdruck gehalten hatte, vielleicht gar keiner? Sie rief sich in Erinnerung, wie ihre Schuhabdrücke ausgesehen hatten. Bei ihnen hatte sich das Muster der Sohle ganz deutlich im Eisgras abgezeichnet. Der fremde Fußabdruck hatte jedoch ganz anders ausgesehen – eher wie der verschwommene Abdruck eines nackten Fußes im Sand. Aber wer würde schon ohne Schuhe an einem Ort wie dem Eisblumengarten herumlaufen? Trotzdem wurde ihr im Nachhinein ganz mulmig.

Auf der Suche nach einer Inspiration blickte Jess durch ihr Zimmer. Die dicken Vorhänge ließen nicht den schmalsten Sonnenstrahl herein. Die Fenster konnte sie nicht öffnen, weil schon ein kleiner Windstoß die Vorhänge zur Seite wehen würde. Zur Abkühlung hatte sie das Klimagerät in der Ecke, das fleißig vor sich hin surrte und blubberte. Die Lampe über ihrem Bett hatte einen silbrigen Schirm, der das Licht der Glühbirne abschwächte. An den Wänden hingen Bilder, die sie ausgedruckt hatte, meist Sachen, die ihrer Phantasie entsprungen waren: imposante, bedrohlich wirkende Burgen und tiefe, dunkle Wälder. Doch es gab auch ein paar Schnappschüsse von einer Boygroup, auf die sie im Moment stand, und das strahlende Lächeln und die perfekten Frisuren der Bandmitglieder ließen ihr Herz bei jedem Anblick immer etwas schneller schlagen.

An diesem Tag aber half ihr das alles nicht weiter. Ihr fiel einfach nichts Brauchbares ein, und deshalb blieb ihr nichts anderes übrig, als auf dem obersten Blatt wieder mal ihre Unterschrift zu üben. Eine schöne Unterschrift zu haben war in ihrem Fall sehr wichtig, um später die vielen Bücher zu signieren, die sie irgendwann verkaufen würde. Sie sah es bereits vor sich, wie ihre Fans vor ihrem Tisch Schlange standen, um ein Autogramm von ihr zu bekommen. Sie würde mit jedem von ihnen ein paar Worte wechseln, und die Kinder unter ihnen würden ihr erzählen, wie viel ihre Geschichten ihnen bedeuteten. Allerdings müssen die Buchhandlungen alle Fenster verhängen, wenn ich komme. Entweder das, oder ich muss in voller Montur auftreten. Dieser Gedanke war schmerzlich und traf sie bis ins Mark. Sie hasste diese Momente, wenn die Realität sie einholte und ihre Phantasien wie eine Abrissbirne zertrümmerte. Doch allzu lange musste sie sich nicht darüber ärgern, weil es unten an der Tür läutete und wenig später ein betont munteres »Bonjour!« ertönte.

Ihre Mutter unterrichtete Jess in den meisten Fächern, für die anderen kamen Lehrer von außerhalb. Eine von ihnen, die Jess mit Abstand am wenigsten mochte, war Mrs Agatha Dobson, die sich darauf versteift hatte, Englisch mit französischem Akzent zu sprechen, obwohl sie ursprünglich von irgendwo in der Nähe von Swindon stammte.

Jess erhob sich seufzend und ging die Treppe hinunter.

»Bonjour, Jessica«, begrüßte sie »Madame«, wie Mrs Dobson angeredet werden wollte.

»Es heißt Jess, nicht Jessica.«

»En français, s'il te plaît.«

»Ich weiß nicht, was Jessica auf Französisch heißt«, antwortete Jess spitz.

Ihre Mutter räusperte sich und warf ihr einen strengen Blick zu.

Madame roch immer, als hätte sie in Parfüm gebadet. Man hätte fast meinen können, sie führe einen erbitterten Krieg gegen alle natürlichen Gerüche der sie umgebenden Welt. Sie hatte sich in ein langes Kleid gehüllt, mit Perlen bestickt, die klirrten und klimperten, als sie vom Flur aus zum Küchentisch eilte. Warum sie ihren Nachnamen nicht geändert hatte, wo sie doch alle Welt glauben machen wollte, sie sei aus Frankreich, war Jess ein Rätsel. D'*Obson* wäre doch nicht schlecht ...

Jess nahm ihr Lehrbuch von dem Stapel im Flur, schnappte ein letztes Mal frische Luft und wappnete sich innerlich für die Französischstunde. Doch so sehr sie sich auch bemühte – sie konnte sich nicht konzentrieren. Trotz neuer Vokabeln und Verben bekam sie die Ereignisse vom Vortag einfach nicht aus dem Kopf. Ihre Gedanken schweiften ständig ab, zu den silbrig glitzernden Bäumen natürlich, aber auch zu dem Jungen in dem Krankenbett.

Seine Hand war so kalt gewesen. Vielleicht würde er ja gern eine meiner Geschichten hören, dachte sie. Dann bekäme er zu Abwechslung mal etwas anderes zu hören als das Geschwafel von Doktor Stannard und Konsorten. Ärzte drückten sich gern möglichst kompliziert aus, damit niemand auf die Idee kam, ihnen Fragen zu stellen. Auf diese Weise sicherten sie ihre Machtposition. Und auf diese Weise brachten sie auch absolut vernünftige und intelligente Menschen wie ihre Mutter dazu, all ihren Vorschlägen zuzustimmen, selbst wenn ihre eigene Tochter weitaus besser gewusst hätte, was gut für sie war. Eine Geschichte würde den Jungen von all dem Geschwafel ablenken, zumindest für eine Weile.

»Jessica? Jessica!« Madame klopfte auf den Tisch.

»Bitte?«

»Excusez-moi, s'il te plaît!«

Rasch blickte Jess in ihr Buch. Sie konnte sich nicht erinnern, dass sie umgeblättert hätte. Auf der Seite vor ihr sah sie das Foto eines Meteorologen, der vor einer Landkarte stand. Was sollte sie damit anfangen?

»Also, Jessica: Es ist sonnig.«
»Il fait beau.«
»Es ist warm«
»Il fait chaud.«
»Es ist kalt.«
»Il fait froid.«
»Es schneit.«
»Il neige.«
Il fait froid. Il neige ...

Der Junge würde sich über eine Geschichte freuen ... Sobald Madame weg war, eilte Jess wieder nach oben in ihr Zimmer, um einen neuen Schreibversuch zu starten. Zuerst überlegte sie, was dem Jungen gefallen könnte. Doch das klappte natürlich nicht. Sie musste etwas schreiben, was *ihr* gefiel – damit es den Stempel ihrer eigenen Phantasie trug.

Jess blickte auf das leere weiße Blatt und holte tief Luft. Sie durfte sich nicht ablenken lassen. Vor ihrem geistigen Auge sah sie sich am Eingang zum Eisblumengarten stehen, nur dass der nun hinter einem kunstvoll geschmiedeten Metalltor lag. Sie schloss das Tor und steckte den Schlüssel für später ein. Hinter sich sah sie eine weitere Tür – die Tür, die zum Krankenzimmer des Jungen führte –, und diese schloss sie ebenfalls zu, wohl wissend, dass sie sie bald in Wirklichkeit wiedersehen würde. Nach diesem mentalen Ritual war Jess bereit zum Schreiben.

Sie begann eine neue Geschichte, in der es um einen Schneider ging, der merkte, dass alle Kleidungsstücke, die er genäht hatte, auseinanderfielen, sobald jemand das Wort »Orangen« aussprach. Er versuchte es mit allen möglichen Stoffen, verschiedenen Nähfäden und sogar mit einer anderen Nähmaschine, doch es endete immer gleich: Sobald jemand in der Nähe das verhängnisvolle Wort aussprach, lösten sich sämtliche Stiche auf, und die Kleidungsstücke fielen in Einzelteilen auf den Boden.

Sie schrieb schnell, und ihre rote Tinte ergoss sich in Strichen und Bögen über die Seite.

Ihre neue Geschichte roch nach Zitrusfrüchten und Gewürzen. Die Figuren, die sie sich ausdachte, stritten sich und lachten mit einer Leidenschaft, nach der man auf einer regnerischen englischen Hauptstraße vergeblich suchen würde. Sie lebten nämlich unter der heißen Sonne des Orients. Jess hielt inne. Wie konnte sie das beschreiben? Wie konnte sie ihren Lesern dieses *Gefühl* vermitteln? Sie starrte auf das Blatt und dachte intensiv nach. Ihre Finger krallten sich immer fester und fester um den Füller, bis sie mehrere rote Kleckser hatten, die sich deutlich von ihrer weißen Haut abhoben. Tränen brannten in ihren Augen, und sie biss sich auf die Lippen, bis es weh tat. Sie konnte ihrer Krankheit einfach nicht entkommen, nicht mal in ihren eigenen Geschichten.

Sie zwang sich, wieder ganz normal zu atmen. Sie hatte alles unter Kontrolle. »Es hatte seit Monaten geregnet, und die Menschen dachten schon, es würde nie enden«, schrieb sie. Das war schon mal ein brauchbarer Anfang.

Als Jess mit ihrer Geschichte fertig war, lehnte sie sich zurück und überflog die vier Seiten noch einmal. Die Geschichte war kurz, dachte sie, aber gut.

Da klopfte es an ihrer Tür, und gleich darauf streckte ihre Mutter den Kopf herein, schielend und mit aufgeblasenen Backen. Jess versuchte, nicht loszulachen, und es endete in einem Schnauben. Ihre Mutter grinste sie an.

»Alles klar, meine Kleine?«, fragte sie.

»Bin gerade mit einer neuen Geschichte fertig geworden.«

»Kann ich sie lesen?«

»Erst wenn –«, begann Jess.

»... das ganze Buch fertig ist«, führte ihre Mutter ihren Satz zu Ende. »Ich weiß, ich weiß.« Sie schüttelte den Kopf. »Egal, du musst dich fertigmachen.«

»Für was?«

»Einen kleinen Ausflug.«

»Wohin?«

»Du wirst schon sehen.«

»Volle Montur?«

»Volle Montur.«

»Muss das sein?« Jess hasste es, dass sie so weinerlich klang.

»Mach kein Theater, du weißt ja gar nicht, wohin wir gehen.«

»Wird es mir dort gefallen?«

»Mach schon, sonst kommen wir zu spät.«

»Sag's schon!«, beharrte Jess.

»Ins Krankenhaus.«

»Aber da waren wir doch gestern erst!«, protestierte Jess.

»Du hast normalerweise auch keine Brandwunde wie die da, oder?« Ihre Mutter deutete mit dem Kopf auf den Verband an Jess' Handgelenk.

»Du hast es also gestern schon gewusst!«

»Der Arzt hat es erst gesagt, als du schon draußen warst.«

»Und du hast mir nichts gesagt!«

»Nein, weil ich keine Lust hatte, vierundzwanzig Stunden lang deine schlechte Laune zu ertragen.«

Jess' Blut zischte wie Wassertropfen auf einer heißen Herdplatte. Sie biss die Zähne zusammen und versuchte, nur mit der Kraft ihres Blickes Löcher ins Gesicht ihrer Mutter zu brennen.

Ihre Mutter seufzte. »Tut mir leid, okay? Ich hätte es

dir sagen sollen. Hör mal, ich gehe so wenig gern dorthin wie du.« Sie änderte ihre Taktik und sagte mit stahlharter Stimme: »Jessica, dein Handgelenk sieht schlimm aus. Die Wunde muss versorgt und neu verbunden werden. Und jetzt beeil dich, sonst kommen wir zu spät.«

Jess stand widerwillig auf.

»Und es tut mir leid, meine Kleine, wirklich.«

Ihre Mutter streckte eine Hand aus, und nach kurzem Zögern verschränkte Jess die Finger mit denen ihrer Mutter. Sie lächelten sich etwas verkniffen an, ohne zu bemerken, wie ähnlich sie sich in diesem Moment sahen.

Bevor Jess ihr Zimmer verließ, schnappte sie sich noch schnell die Seiten des »glücklosen Schneiders« und steckte sie in eine Plastiktüte. Die Gelegenheit, sie dem Jungen vorzulesen, für den sie bestimmt war, kam vielleicht früher als gedacht.

8

Wie konnte sie sich davonschleichen? Diese Frage beschäftigte sie, während sich die Krankenschwester an ihrer Brandwunde zu schaffen machte. Die Wunde war hässlich und feucht, und die Hände der Frau, die in Plastikhandschuhen steckten, taten ihr weh, doch Jess versuchte, keine Miene zu verziehen.

Als sie fertig waren, folgte sie ihrer Mutter durch das Labyrinth der Krankenhausflure. So wie es aussah, musste sie ihre Geschichte unverrichteter Dinge wieder mit nach Hause nehmen, und das war nicht gut. Der Junge würde sie bestimmt gern hören, dachte sie, auch wenn er nichts sagen konnte. Denk nach, Jess, ermahnte sie sich. Sie hatte es geschafft, am Vorabend eine magische neue Welt zu entdecken, da würde ihr sicher auch einfallen, wie sie sich für eine Weile verdrücken konnte, oder? Sie könnte natürlich die Wahrheit sagen, aber ihre Mutter fände das

Ganze vielleicht lächerlich, und dann wäre alles zu Ende, noch bevor es wirklich begonnen hatte. Sie könnte behaupten, sie müsse aufs Klo, doch das würde ihr nicht genug Zeit verschaffen. Ihr wollte einfach nichts einfallen, und sie waren fast schon am Aufzug, als es in der Tasche ihrer Mutter bimmelte. Ihre Mutter fischte ihr Handy heraus, und als ihre Stimme sofort etwas tiefer und langsamer wurde, wusste Jess, dass es ein geschäftlicher Anruf war.

»Tut mir sehr leid, aber ich bin im Moment unterwegs. Kann ich Sie zurückrufen, wenn ich wieder zu Hause bin? In etwa zwanzig Minuten?«

Jess schüttelte so heftig den Kopf, dass er beinahe abgefallen wäre.

Was ist?, fragte ihre Mutter lautlos.

»Kannst ruhig reden«, raunte sie ihr zu. »Ich gehe ein bisschen spazieren hier.«

Ihre Mutter schürzte die Lippen, und es entstand ein Dreieck von kleinen Linien rund um ihren Mund, was Jess hübsch fand. »Ist in Ordnung, wirklich«, flüsterte sie.

Ihre Mutter nickte. »Ah, ich kann nun doch reden«, sagte sie in ihr Handy.

Jess sah zu, dass sie zu dem Zimmer des Jungen kam. Immer wenn niemand sie sah, rannte sie, und sobald jemand kam, ging sie ganz normal weiter. Das sah bestimmt komisch aus, dachte sie, auch ohne volle Montur.

Sie klopfte an seine Tür, und als keine Antwort kam, streckte sie vorsichtig den Kopf ins Zimmer. Er war allein. Alles sah noch gleich aus, abgesehen von dem Foto, das auf die Vorderseite gefallen war. Sie stellte es wieder auf, ließ die Jalousien herunter und schob den schweren Holzstuhl aus der Ecke neben das Bett. Dann nahm sie ihre Kopfbedeckung ab.

»Hallo, du Schlafmütze«, sagte sie. »Da bin ich wieder.« Sie holte ihre Blätter aus der Plastiktüte. »Ich habe dir etwas mitgebracht.« Sie strich ihm eine hellbraune Haarsträhne aus der Stirn. Er hatte ein herzförmiges Gesicht, hohe Wangenknochen und ziemlich viele Sommersprossen. Auf seinen geschlossenen Augenlidern zeichnete sich eine Straßenkarte von blassen Adern ab. Sie setzte sich neben ihn und begann, ihm vorzulesen.

»Es war einmal ein Schneider«, begann sie, »der die schönsten Kleidungsstücke im ganzen Land nähte. Die Leute sagten, in seinen Kleidern sähen selbst die unscheinbarsten Frauen wunderschön aus, und seine Anzüge verwandelten jeden einfachen Mann in einen Prinzen. Es gab nur ein Problem, und dieses Problem hatte mit einer ganz bestimmten Frucht zu tun ...«

Während des Vorlesens merkte Jess, dass sie die Charaktere und Orte genauso deutlich vor sich sehen konnte wie die reale Welt. Sie erzählte dem Jungen, wie empört der Gemüsehändler war, als er unversehens splitternackt in seinem Laden stand, nur weil jemand Orangen kaufen wollte, und wie er den Schneider daraufhin so wüst beschimpfte, dass sich der arme Mann gezwungen sah, aus der Stadt zu fliehen. Viele Jahre lang reiste er durch das Land und suchte nach einem Ort, an dem niemand je von Orangen gehört hatte. Schließlich gelangte er auf eine kleine Insel, wo der Boden so schlecht war, dass die Bewohner nichts anbauen konnten. Sie ernährten sich ausschließlich von Fisch. Nach genau so einem Ort hatte der Schneider gesucht. Er eröffnete ein neues Nähatelier, und obwohl die Inselbewohner keine Zähne hatten, weil sie nämlich nie Gemüse und Obst aßen und folglich auch keine Orangen, galten sie bald als die bestgekleideten Menschen auf der ganzen weiten Welt.

»Und der Schneider lebte glücklich und zufrieden«, schloss Jess ihre Geschichte ab, »denn er stand bei allen Inselbewohnern in großem Ansehen und war allgemein beliebt.« Jess senkte den Kopf. Ihr Atem war im Gleichklang mit dem zischenden Pfeifen der Atemzüge des Jungen. Monitore blinkten und erzählten ihre eigenen Geschichten.

»Weißt du noch, was ich beim letzten Mal gesagt habe?«, wisperte Jess. »Dass ich mir wünsche, es gäbe keine Sonne am Himmel?« Sie erschrak, als sich draußen im Korridor Stimmen näherten, doch sie gingen zum Glück vorbei. »Ich habe so einen Ort gefunden«, fuhr sie leise fort. »Ich weiß nicht wie oder warum oder was genau es eigentlich ist, aber es gibt so einen Ort. Und er ist wunderschön, mein Eisblumengarten!«

Sie stand auf und nahm eine der Karten von der Fensterbank in die Hand. Darauf stand:

Davy, mein Junge,
hör auf, immer nur auf der
faulen Haut zu liegen, und
wach endlich auf!
Alles Liebe, Onkel Jamie.

»Davy«, sagte Jess und spürte dem Namen nach. »Hat dir meine Geschichte gefallen? Ich kann dir noch weitere bringen, wenn du magst. Ich weiß, dass du in diesem Körper bist und mir zuhörst. Und ich weiß auch, dass es dir ganz ähnlich geht wie mir. Auch du darfst nicht selbst bestimmen, was als Nächstes mit dir passiert. Und deshalb …« Sie fand albern, was ihr auf der Zunge lag, aber es fühlte sich richtig an. »Deshalb sind wir Freunde. Ich werde dich bald wieder besuchen, ganz bestimmt. Und ich bringe dir eine andere Geschichte mit, Davy, versprochen. Ich werde bald wieder vorbeikommen.«

9

Sie hatte es sich nicht eingebildet. Sie wusste, dass sie es nicht geträumt hatte. Doch als sie nun über den Spielplatz lief und sich an den Tannen vorbeidrückte, bekam sie plötzlich Angst, dass der Garten nicht mehr da sein könnte. Dass er ihr genommen worden war. Bitte, sei noch da, dachte sie. Bitte, bitte!

Jess schob sich durch die Lücke zwischen den Hecken und betrat den Eisblumengarten. Augenblicklich war es mit der lauen Sommernacht vorbei, und ein schneidender Frost schlug ihr entgegen. Komisch – sie hatte erwartet, dieser Moment des Übertritts wäre irgendwie beeindruckender. Sie hatte insgeheim gehofft, eine atemberaubende Veränderung oder eine Explosion von Licht zu erleben, doch nichts dergleichen geschah. Der Übertritt von einer Welt in eine andere war ähnlich einfach und banal, wie aus einem Bus auszusteigen.

Jess nahm einen tiefen Atemzug und spürte die Kälte

in Nase und Lungen eindringen. Die Luft war sauber und klar, so rein wie Kristall. Die weißen Wolkenstreifen am violetten Himmel erinnerten sie an die Rippen eines Dinosauriers.

Jess schlüpfte in den Wintermantel, den sie aus den Tiefen ihres Kleiderschranks hervorgefischt hatte, und zog die Handschuhe aus der Tasche. Der muffige Geruch feuchter Wolle stieg ihr kurz in die Nase und verflog schnell wieder. Sie schulterte ihren kleinen Rucksack, in dem sie auch eine Flasche Wasser und eine Packung Schokokekse mitgebracht hatte. *Sei stets bereit*, hieß es bei den Pfadfindern. Jess war keine Pfadfinderin, hauptsächlich deshalb, weil die meisten Aktivitäten im Freien stattfanden, doch das bedeutete nicht, dass sie einen sinnvollen Rat nicht befolgen konnte, wenn sie einen hörte.

Diesmal entschied sie sich für einen anderen Pfad, der durch eine ausgedehnte Fläche voller Eisblumen und mit sanften Hügeln führte. Er schlängelte sich einen Abhang hinunter und mitten durch eine Wiese voller Eisblumen. Der Untergrund war eine Art Kies: winzige Eiswürfel, die unter ihren Füßen knirschten.

Obwohl sie schon zum zweiten Mal hier war, verspürte sie in dieser Wunderwelt dieselbe Ergriffenheit wie beim ersten Mal. Sie konnte sehr viel mehr sehen und wahrnehmen und versuchte gar nicht erst, ihr glückseliges Grinsen zu unterdrücken.

Sie konnte es kaum erwarten, zu den Bäumen zu kommen, die sie in der letzten Nacht vom »Thron« aus gesehen hatte. Das Gehen war nicht allzu schwierig, doch der Garten war größer, als sie gedacht hatte, und es dauerte nicht lange, bis ihre Kleidung, trotz der Kälte, an ihrer Haut klebte. Am Waldrand angekommen, legte sie eine kurze Pause ein, bevor sie dann in den Wald eintauchte.

Die weißen Bäume hatten filigrane, silbrige Blätter. Glitzernde Kugeln, die wie farbige Christbaumkugeln aussahen, hingen an den Ästen. Das müssen Früchte sein, dachte sie, Eisäpfel. Es war kein Wald, sondern ein Obstgarten! Sie pflückte eine leuchtendgelbe Kugel von einem der unteren Äste. Natürlich wusste sie, dass man in der Natur nichts essen sollte, das man nicht kannte und von dem man nicht wusste, ob es ungefährlich war. Doch nach kurzem Zögern sagte sie sich *Ach was* und wollte hineinbeißen.

Ein stechender Schmerz zuckte von ihren Vorderzähnen bis hinauf ins Gehirn. Na schön, dachte sie, das war keine gute Idee. Kalt, eiskalt, viel zu kalt. Da merkte sie, dass sich der Eisapfel gut schälen ließ, und löste die obere Hälfte ab. Im Inneren entdeckte sie eine Flüssigkeit, die wie pures Gold glänzte. Jess legte den Kopf in den Nacken und nippte daran. Mit einem eisigen Stechen rann der Saft durch ihre Kehle und verströmte rasch eine seltsame Wärme, die sich alsbald bis in die Fingerspitzen ihres Körpers ausbreitete.

Sie schlängelte sich an den Bäumen vorbei, pflückte weitere Früchte, brach sie auf und testete mit einer Fingerspitze, wie der Saft schmeckte. Die dunkelblauen Früchte waren würzig und scharf, die roten schmeckten fast wie Lakritz. Es dauerte nicht lange, bis sie einen klebrigen Mund und ein Ziehen im Magen hatte. Erst ein lauter Rülpser verschaffte Abhilfe und ließ sie laut lachen. Ha! Wenn ich vor Madame D'Obson oder Doktor Stannard rülpsen würde – deren Gesichter möchte ich sehen.

Eine sanfte Brise zog auf, verfing sich an den Rändern der Blätter der Eisbäume und brachte sie zum Singen. Das leise Pfeifen klang fast genauso, wie wenn man seinen nassen Finger über den Rand eines Glases kreisen ließ.

Plötzlich knackte es im Unterholz. Jess wich erschrocken einen Schritt zurück. Da sah sie eine kleine Schnauze mit Schnurrhaaren unter einem breiten Blatt hervorlugen. Dem Köpfchen folgte ein dicker, pelziger Körper, an dem jedes Härchen aus glänzendem Frost bestand. Das Tier hatte die Größe und Form einer Maus, aber viel zu lange Schlappohren, die es neben sich herschleifte. Neugierige blaue Augen blickten zu Jess hoch.

»Oh, hallo«, sagte sie erleichtert. Das Tierchen schnüffelte und nahm ihren fremdartigen Geruch wahr. »Was bist du denn für einer, mein Kleiner?«, fragte sie. Im Eisblumengarten hatte nichts einen Namen, bis sie sich einen ausdachte. »Elefantenmaus«, beschloss sie spontan. »Hiermit ernenne ich deine Spezies zur Elefantenmaus.« Das Tierchen quiekte kurz, als würde es ihr zustimmen, und Jess kicherte vor Aufregung.

Die kleine Elefantenmaus begann herumzuschnüffeln und setzte sich schließlich vor einen Eisapfel, der aufgeplatzt auf dem Boden lag. Die Flüssigkeit war bereits gefroren, und die Maus begann, daran zu knabbern, indem sie mit nadelscharfen Vorderzähnen kleinste Bissen abraspelte.

Jess brach ein Stück der Frucht ab, die sie noch in der Hand hielt, und legte es – ganz, ganz langsam – auf die Erde. Dann trat sie einen Schritt zurück und legte weitere Stückchen auf die Erde, um das Tier auf diese Weise zu sich zu locken. Dann wartete sie …

Die kleine Maus hob ruckartig den Kopf, als ein Hauch des noch flüssigen Nektars an ihre Schnauze wehte. Ohne Jess auch nur eine Sekunde aus den Augen zu lassen, trippelte sie herbei, die langen Ohren neben sich herschleifend, und verschlang das erste Fruchtstück. Dann war kein Halten mehr, und die kleine Maus verspeiste Stück für Stück, bis sie direkt vor Jess' Fuß ankam. Das war der Moment der Wahrheit. Jess wagte kaum zu atmen, als sie einen ihrer Handschuhe auszog und sich bückte. Die kleine Elefantenmaus sträubte das Fell, als sich die fremde Hand näherte. Kälte zuckte durch Jess' Finger, als sie das Tierchen ganz kurz berühren konnte, bevor es sich dann aber zu ihrer Enttäuschung blitzschnell umdrehte und davonhuschte.

»Nein!«, rief Jess und richtete sich auf. »Ich will dir doch nichts tun, du dummes Ding!«

Die Elefantenmaus war inzwischen am Rand einer steilen Böschung und sprang in die Luft. Jess sah mit Staunen, wie sie ein Paar zarte Libellenflügel entfaltete und auch die Ohren abspreizte, so dass das Tierchen nach einem Gleitflug sicher auf dem Boden landete.

Jess war begeistert. »Du bist eine fliegende Elefantenmaus!«, rief sie und kletterte eilends die Böschung hinunter, um die Elefantenmaus nicht aus den Augen zu verlieren.

Sie rannte an Bäumen vorbei und konnte immer wieder einen Blick auf das davonflitzende kleine Geschöpf werfen. Mit einem übermütigen Lachen rannte sie dem Tierchen nach, flitzte im Slalom um Baumstämme und sprang über Wurzeln.

Doch dann war der Untergrund plötzlich zu Ende, und Jess konnte gerade noch im letzten Moment am Rand einer tiefen Schlucht abbremsen. Sie hatte so viel Schwung, dass ihre Beine wegrutschten und sie mit dem

Rücken auf die Eisfläche donnerte, die so hart war wie Diamant. Im ersten Moment bekam sie keine Luft mehr und starrte benommen und keuchend in den violetten Himmel.

Mühsam richtete sie sich dann wieder auf. Vor ihr lag eine Schlucht, mindestens einhundert Meter breit, die sich in beide Richtungen erstreckte und vermutlich eine Art Burggraben rund um den Eisblumengarten bildete. Jess stellte sich an den Rand und spähte nach unten, doch da war nur Dunkelheit. Sie nahm einen Eiskieselstein, warf ihn in die Schlucht und spitzte die Ohren. Nichts zu hören. Was, wenn sie über den Rand gestürzt wäre – wie lange wäre sie da gefallen? Ewig, dachte sie, und ihre Haut kribbelte.

Da entdeckte sie eine schmale Eisbrücke, die über die Schlucht führte. Allerdings sah sie kein bisschen stabiler aus als die Glasur auf einer Torte. Auf einer Seite war ein leicht geschwungenes Geländer, das sich jedoch etwa auf halber Strecke in nichts aufgelöst hatte. Auf der anderen Seite gab es einen Weg, der in einen tiefen Wald führte. Er war so dicht bewachsen, dass sich die Bäume, Äste und Schlingpflanzen umeinander gewickelt hatten und man nicht sah, wo der eine Baum endete und der andere anfing. Das Eis, das im Garten so strahlend hell gewirkt hatte, sah dort dunkel und wenig einladend aus. Jess schauderte.

Da fiel ihr siedend heiß etwas ein: Wie konnte es hier eine Brücke geben? Brücken werden von Menschen gebaut. Aber auch Gärten können nur von Menschen angelegt werden, oder?

Ein schriller Piepton an ihrem Handgelenk riss sie aus ihren Gedanken. So schnell? Bei ihrem ersten Besuch hatte Jess zu ihrer Enttäuschung feststellen müssen, dass die Zeit im Eisblumengarten genauso schnell verging wie überall sonst – im Gegensatz zu den magischen Märchenreichen in ihren Büchern. Insgeheim hatte sie gehofft, sie könne sich hier aufhalten, solange sie wollte, und wenn sie anschließend in die reale Welt zurückkehrte, wären nur ein paar Minuten vergangen. Doch das war bedauerlicherweise nicht der Fall. Als sie vorige Nacht nach Hause kam, war es fast schon Morgen, und deshalb hatte sie diesmal einen Alarm eingestellt.

Seufzend drehte sie sich um. Herrje, was war das? Hatte sich dort hinten gerade etwas bewegt? War dort jemand durch die Bäume gerannt? Sie blickte noch einmal zur Brücke. Falls *etwas* hier im Obstgarten war, dann wäre die Brücke ihr einziger Fluchtweg. Doch auf der anderen Seite war der finstere Wald ... Nein, da gehe ich keinesfalls rein, nahm sie sich vor.

Da war es wieder! Diesmal war sie sich ganz sicher. Zwischen den Eisbäumen hatte sich ein dunkler Schatten bewegt, und sie hatte auch ein Knacken gehört. Vor Schreck schlug ihr das Herz bis zum Hals.

»Hallo?«, rief sie zaghaft.

War nur ein Eisapfel heruntergefallen? Oder hatte ein Baum geknarrt? Wenn man Wasser auf Eis schüttet, knackt und knistert es auch – vielleicht war es etwas Ähnliches gewesen.

Oder war jemand auf einen Ast getreten?

Entschlossen ging Jess ins Herz des Eisblumengartens zurück, in dem sicheren Gefühl, beobachtet zu werden. Die Kälte war ihr inzwischen bis ins Mark gekrochen, sie bibberte und zog den Kopf ein. Als sie durch die Bäume hastete, sah sie sich immer wieder verstohlen nach allen Seiten um. Panik blubberte in ihrem Inneren und drohte überzukochen. Dann endlich stand sie wieder auf einer freien Fläche. Von der Anhöhe aus konnte sie die weiße Mauer sehen, die bis zum violetten Himmel ragte, und dort, genau in der Mitte, war der dünne Spalt, durch den sie wieder in ihre eigene Welt gelangen konnte. Aber warum war er so weit weg? So weit war sie doch nicht gelaufen, oder? War der Garten in der Zwischenzeit größer geworden, oder spielte ihr ihr Verstand einen Streich? Doch sie hatte ohnehin keine andere Wahl.

Sie rannte los.

Sie rannte wie verrückt, voller Angst. Keuchend lief sie den Abhang hinunter, über den Hauptweg, der sich an Blumenbeeten vorbeischlängelte, und sie blieb erst stehen, als sie bei dem Spalt in der Mauer angekommen war. Sie streckte eine Hand aus und spürte, wie die Lorbeerzweige auf der anderen Seite in ihre eisige Handfläche piksten. Richtige Blätter, kein Eis. Sie blickte noch einmal zurück. Der Garten lag so unberührt und still da wie zuvor.

Doch dann sah sie, dass der Garten nicht leer war, und ihr Magen zog sich zusammen.

Auf einem Hügel in der Ferne stand eine dunkle Gestalt. Sie hatte sich nicht getäuscht: Jemand hatte sie die ganze Zeit beobachtet.

10

Der nächste Tag war wie ein angehaltener Atemzug. Ein erstickender Hitzeteppich hatte sich über die Stadt gelegt. In Jess' Haus kletterte die Temperatursäule immer noch höher, so dass ihrer Mutter nichts anderes übrigblieb, als die Fenster aufzureißen. »Wir brauchen dringend Durchzug«, sagte sie, »bevor wir beide verglühen.« Jess konnte sich folglich in noch weniger Zimmern aufhalten als sonst. Sie zerrte an ihrem Halsausschnitt herum und fächelte sich mit dem *Großen Buch voller Geschichten* Luft zu.

Natürlich zog sie ihre Unterrichtsstunden durch, wie immer. Heute standen Mathe, Geschichte und Geographie auf dem Stundenplan. Dreiecke, die Wikinger und Altwasserseen. Ihre Mutter war nicht so recht bei der Sache und legte dauernd Pausen ein, um sich Gesicht und Hals abzutupfen. »Ich freue mich schon auf Weihnachten«, stöhnte sie irgendwann.

»Können wir dieses Jahr einen richtigen Baum haben?«, fragte Jess.

»Sobald es kühler ist, kannst du haben, was du möchtest.«

Nach einem Sandwich zum Mittagessen setzte sich ihre Mutter an den Küchentisch. Sie arbeitete für eine Werbeagentur, die für Kunden Prospekte, Broschüren und Handbücher herstellte. Ihre Mutter war für das Texten zuständig. Das bedeutete, dass sie für jeden Auftrag ein paar Stichwörter serviert bekam und daraus dann einen interessanten und ansprechenden Text basteln musste. Heute ging es um eine Broschüre, die eine Großbank jedem ihrer neuen Beschäftigten in die Hand drücken wollte. »Willkommen in unserer Familie!«, hieß es auf der Vorderseite. Ihr Job ließ ihr das Hirn aus den Ohren tropfen, sagte sie manchmal.

Jess ging nach oben, um ebenfalls zu schreiben, doch neue Ideen blieben aus. Ihr Füllfederhalter verharrte reglos auf dem Blatt. Ein kleiner Fleck aus roter Tinte saugte sich durch das Papier und breitete sich aus. Für Davy, sagte sie sich. Davy, der reglos in seinem Krankenhausbett lag und es so dringend brauchte, dass sein Geist in eine fremde und magische Welt entführt wurde. Das müsste sie doch hinbekommen, oder? Sie musste nur eine Geschichte für ihn schreiben.

Jess stellte sich einen kahlen, weißen Raum vor, mit

einer Tür auf jeder Seite, und wartete. Normalerweise kam dann immer jemand durch eine dieser Türen herein. Er oder sie hatte vielleicht etwas bei sich oder war auf eine bestimmte Art gekleidet. Und wenn es erst mal zwei Personen waren, fingen sie unweigerlich an, sich zu unterhalten. Über kurz oder lang würde sich der Raum verformen und zu etwas anderem werden. Eine Geschichte nahm ihren Lauf. Doch heute trat niemand ein.

Stattdessen wanderten ihre Gedanken zur vorigen Nacht zurück. Ihre Haut hatte gekribbelt, als sie vom Eisblumengarten zurück nach Hause durch ihre Stadt geeilt war. Jemand anderer hatte *ihr* Reich entdeckt. Wer? Einer oder mehrere? Und was wollten sie dort?

Es war *ihr* Garten, oder? Sie merkte, dass sie rot anlief. Andere hatten eine ganze Welt, in der sie spielen konnten – eine Welt, die ihr versagt blieb. Wie konnten diese anderen es wagen, in ihren Garten einzudringen? Und wieso war sie weggelaufen? Wieso hatte sie sich so leicht ins Bockshorn jagen lassen? Als wenn *sie* der Eindringling wäre, nicht diese anderen.

Aber sie hatte Angst bekommen, und das machte ihr mehr zu schaffen als alles andere. Diese Angst. Wie in der Nacht, als sie vor den Schatten auf dem Spielplatz weggelaufen war, wie in dem Moment, als sie über die Schlucht hinweg auf den Eiswald geblickt hatte, wie immer, wenn sie ins Krankenhaus gehen musste. Vielleicht hatte sie den Eisblumengarten ja gar nicht verdient. Vielleicht war irgendein Fremder dort, der sagen würde, sie dürfe nicht mehr herkommen.

Ihre Gedanken waren wie Kieselsteine, die man in einen Teich wirft. Sie bildeten in ihrem Kopf immer größer werdende Ringe, bevor sie schließlich schwer und unangenehm auf den Grund sanken.

»Jess!«, kam da ein Ruf von unten, und Jess hörte Vorhangringe über die Stangen kratzen. »Volle Montur bitte! Gleich!«

In voller Montur fühlte sie sich wie in einem tragbaren Backofen. Sie eilte mit ihrer Mutter zum anderen Ende der Straße, wo ihr Auto stand, eingequetscht zwischen den Fahrzeugen ihrer Nachbarn.

Sobald Jess im Auto saß, konnte sie ihre Kappe abnehmen. Der Motor keuchte und stotterte einen Moment, bevor er ansprang. Ihre Mutter drückte sofort auf den Knopf der Klimaanlage und drehte sie voll auf. Wenig später war der Innenraum mit erfrischend kühler Luft gefüllt. Mit einem zufriedenen Seufzer lehnte sich Jess zurück.

»Ich habe es keine Sekunde länger im Haus ausgehalten«, sagte ihre Mutter.

Sie saßen Seite an Seite und waren glücklich über jeden Grad, um den die Temperatur fiel, bis sie sich zum ersten

Mal an diesem Tag wohl fühlten. Ihre Mutter wollte die Klimaanlage etwas runterdrehen, doch Jess hielt ihren Arm fest und schüttelte den Kopf. Die kühle Luft erinnerte sie daran, wie es sich angefühlt hatte, als sie oben auf der Anhöhe stand und die frostige Brise im Gesicht spürte.

»Wir können nicht den ganzen Tag hier sitzen«, sagte ihre Mutter nach einer Weile. Sie legte einen Gang ein und manövrierte das Auto so lange zentimeterweise hin und her, bis sie endlich losfahren konnten. Das Stadtzentrum war fast menschenleer. Sie fuhren über unzählige Bremsschwellen, während im Radio irgendwas geschwafelt wurde. Schließlich ließen sie die Stadt hinter sich, fuhren an Ansammlungen von Lagerhäusern und Abholmärkten mit Wellblechdächern vorbei, an Bürogebäuden, an dem prunkvollen Einkaufszentrum mit dem großen Supermarkt und den Klamottenläden.

»Ah, das mag ich!«, rief ihre Mutter und stellte das Radio lauter. Sie trällerte den Song mit, wobei sie aber höchstens jeden zweiten Ton richtig traf. Jess musste über die Misstöne ihrer Mutter lachen, die sich von ihrem Lachen anstecken ließ. Vor lauter Lachen musste sie sogar am Straßenrand anhalten.

Bald schon waren sie auf dem flachen Land. Kleine Hecken säumten die Fahrbahnen. Auf den Feldern standen zur Linken und zur Rechten goldene Halme, die fast schon ihre volle Größe erreicht hatten. Die Klimaanlage saugte den berauschenden Duft von Blütenstaub an und verteilte ihn im Wageninneren. Aber natürlich war für Jess alles eher dunkel, als würde man es durch eine Sonnenbrille betrachten. Das lag an den speziell getönten Scheiben.

Sie fuhren eine weite, gewundene Strecke und kamen von der anderen Seite her wieder in die Stadt. Hier gab es große Häuser – vornehme Anwesen, die sich hinter automatischen Toren versteckten.

Jess kam diese Strecke bekannt vor. Sie beugte sich vor und sah, wie ihre Mutter in die Weston Road einbog. Das Motorengebrumm wurde lauter, als sie die steile Straße hinauffuhren, und Jess drehte den Kopf, um den Park zu betrachten. Ein paar wenige Personen saßen im Gras, einige im Schatten der großen Buchen, andere ließen sich die Sonne ins Gesicht scheinen. Der Spielplatz war fast leer, nur eine einzelne Frau stieß einen kleinen Jungen auf der Schaukel an. Jess war froh, dass keine weiteren Kinder da waren. Dankbar, dass sie nicht neidisch sein musste.

An einem Fußgängerüberweg, auf halber Höhe des Hügels, mussten sie kurz anhalten. Jess riss die Augen auf. Von hier aus hatte sie einen perfekten Ausblick auf die Tannen, die den Spielplatz umgaben, und auf die dahinterliegende Lorbeerhecke. Sie konnte sogar die schmale Öffnung sehen, die in den Eisblumengarten führte. Sie sah so klein, so unauffällig aus. Auf der anderen Seite lag der pockennarbige Fußballplatz, bemalt mit müden weißen Linien. Wer würde vermuten, dass sich hier der Zutritt zu einer anderen Welt befand? Zu einer Welt mit Eisäpfeln, dem Alten Mann und der fliegenden Elefantenmaus? Zu einer Welt, die sie allein gesehen hatte!

Ihre Gedanken entgleisten und zerfransten. *Die Gestalt*. Dieser Fremde kannte ihre Eisblumenwelt ebenfalls.

Kurz vor der Einfahrt zum Krankenhaus kamen sie an eine Verkehrsampel. Jess versteifte sich und sah ihre Mutter empört an.

»Keine Angst«, sagte ihre Mutter seufzend. »Wir gehen nicht hinein. Unsere kleine Ausfahrt war kein Trick, um dich hierherzulocken.«

»Aber können wir trotzdem?« Diese Worte sprudelten aus Jess' Mund, noch bevor sie sich überlegt hatte, ob sie es aussprechen sollte oder nicht.

»Können wir trotzdem *was*?«

»Reingehen.«

»Du *willst* heute ins Krankenhaus gehen?« Die Ampel sprang auf Grün, und ihre Mutter fuhr den Wagen auf die Bordsteinkante. »Normalerweise kriege ich dich doch nur schreiend und kickend da rein.«

»Na, das ist jetzt übertrieben.«

»Warum sollten wir reingehen? Wir haben keinen

Termin.« Dunkle Wolken der Besorgnis zeichneten sich auf dem Gesicht ihrer Mutter ab. »Oder ... ist es deine Verbrennung? Ist die Wunde schlimmer geworden?«

»Es gibt da einen Jungen«, sagte Jess etwas verlegen. Ihre Mutter öffnete den Mund, brachte aber keinen Ton heraus. »Ich meine, ich habe einen Jungen getroffen.«

»Aha, verstehe. Nun, damit hatte ich nicht gerechnet ... Du hast also einen Jungen getroffen.«

»Na ja, nicht direkt *getroffen*.«

»Nein?«

»Er schläft.«

»Aha.«

»Er ist bewusstlos, wollte ich sagen. Er ist ein Patient. Ich bin rein zufällig in sein Zimmer gestolpert.«

»Und wann genau ist das rein zufällig passiert?«

»Vor zwei Tagen. Und gestern habe ich ihm dann eine meiner Geschichten vorgelesen. Sie hat ihm gefallen, glaube ich. Aber natürlich konnte er mir das nicht sagen.«

»Weil er bewusstlos ist.«

»Richtig.«

Ihre Mutter sah aus wie jemand, der nur Bahnhof verstand.

»Und?«

»Und was?«

»Kann ich jetzt kurz reingehen und ihn besuchen?«

»Jess, du kannst nicht einfach in die Zimmer von irgendwelchen anderen Patienten marschieren!«

Jess' Haut begann zu kribbeln. *Andere Patienten*. Sie war also eine Patientin, selbst für ihre Mutter.

»Ich will nur sehen, wie es ihm geht. Wo wir doch sowieso schon hier sind. Ich habe darüber gelesen – es ist gut für Menschen wie ihn.«

»Was ist gut für ihn?«

»Dass man mit ihnen redet.«

»Ich bin mir sicher, dass er Eltern und Verwandte hat, die mit ihm reden.«

»Aber sie erzählen ihm keine Geschichten wie meine.«

Ihre Mutter legte die Stirn in Falten. »Ich könnte ja Doktor Stannard fragen …«

»Nein!« Das war fast ein Aufschrei. »Nein«, wiederholte Jess dann leise, »das ist nicht nötig. Es ist okay. Wir müssen ihn nicht für alles um Erlaubnis fragen, oder?«

Sie fuhren weiter, und einen Moment lang dachte Jess, ihre Bitte sei umsonst gewesen, doch eine Sekunde später bog ihre Mutter zum Krankenhausparkplatz ab.

11

Hallo, Davy«, sagte Jess. Ihre Mutter hatte ihr erlaubt, ein paar Minuten zu ihm zu gehen. »Der glücklose Schneider« lag noch auf dem Nachttisch, wie sie erfreut sah. Sie musste so bald wie möglich eine neue Geschichte schreiben. Sie war gerade dabei, den Stuhl aus der Ecke zu schieben, als plötzlich die Tür aufging und eine Frau hereinkam. Jess erkannte sie sofort, von dem Foto. Heute sah sie aber fast genauso verändert aus wie der Junge. Ihr war das Lachen vergangen, und sie hatte dunkle Augenringe.

»Was machst du –?«, begann sie. Ihre Stimme war hoch und etwas schrill. »Du darfst nicht hier sein.«

»Entschuldigung«, sagte Jess und drückte ihre Kappe an die Brust. Keine von ihnen rührte sich.

»Du solltest nicht hier sein«, machte die Frau einen neuen Anlauf. Sie hatte einen weichen, melodischen Akzent.

»Ich wollte nur schnell Davy besuchen. Um zu sehen, wie es ihm geht.«

»Woher kennst du Davy? Er hat noch keine Freunde hier, wir sind erst neulich hergezogen, kurz ... davor.« Ihre Augen huschten zu ihrem Sohn, der reglos im Bett lag.

»Ich habe ihm gestern eine Geschichte gebracht«, erklärte Jess und kam sich ziemlich dämlich vor. »Ich muss öfter ins Krankenhaus kommen, zur Behandlung, wissen Sie.«

In den Augen der Frau war zu lesen, dass sie begriffen hatte, und ganz plötzlich begann sie zu strahlen, und es war, als würde die Sonne durch eine Wolkendecke brechen. Wie schön sie ist, dachte Jess.

»Ah, du warst das!«, sagte die Mutter des Jungen. »Das warst du! Als ich gestern kam, sah ich die Geschichte hier liegen. Aber ich habe natürlich nicht gewusst, von wem sie war.«

»Ich habe sie ihm vorgelesen«, sagte Jess. »Weil ich mir dachte, dass er sich vielleicht darüber freut.«

»O ja, das tut er!« Die Frau nickte voller Überzeugung. »Ich bin mir sicher, dass er alles hören kann. ›Der glücklose Schneider‹, nicht wahr?«, fuhr sie fort. »Sie hat ihm gefallen. Er fand sie richtig gut.«

»Geht es ihm ... Davy ... etwas besser?«

Einen Moment lang sah die Frau aus, als sei sie aus

dem seelischen Gleichgewicht gebracht, und Jess befürchtete schon, sie würde in Tränen ausbrechen. Doch sie fasste sich wieder und schüttelte den Kopf. »Nein. Die Ärzte glauben nicht ... nun, sie denken, dass er nie mehr ...« Sie brachte das Ende dieses Satz nicht über die Lippen.

Jess verspürte eine riesige Welle des Mitgefühls, und ihre eigene Brust zog sich schmerzhaft zusammen. »Wissen Sie, was ich denke? Ich denke, dass Ärzte längst nicht so viel wissen, wie sie behaupten.«

»Nein?«

»Nein. Mir sagen sie dauernd, dass ich das nicht kann und jenes nicht, dabei habe ich ganz oft den Verdacht, sie tun es nur, um die Sache zu verkomplizieren. Das hab ich auch zu meiner Mum gesagt, doch sie meinte, *ich* verkompliziere manchmal alles. Aber das meint sie nicht so, weil sie mich in Wirklichkeit schrecklich liebhat.«

Die Frau wollte gerade etwas erwidern, doch in diesem Moment tauchte Jess' Mutter auf. »Ich konnte den Doktor nicht finden und da ...« Als sie sah, dass ihre Tochter nicht allein war, schluckte sie den Rest des Satzes hinunter und sagte verlegen: »Entschuldigung.« Offenbar fiel ihr nichts ein, was die Anwesenheit von zwei Fremden in diesem Zimmer gerechtfertigt hätte.

»Schon gut«, sagte die andere Frau. Nach einer kurzen

Pause fügte sie noch hinzu: »Ihre Tochter ist sehr begabt.«

Jess' Mutter stutzte kurz, dann zuckten ihre Mundwinkel. »Freut mich, Sie kennenzulernen«, sagte sie dann. »Das mit Ihrem Sohn tut mir schrecklich leid.«

Davys Mutter nickte.

»Komm, meine Kleine, Zeit zu gehen«, sagte Jess' Mutter.

Als sie den Raum verließen, rief die Frau Jess noch nach: »Du schreibst doch noch mehr, nicht wahr? Versprich es mir, bitte. Er freut sich bestimmt, weitere Geschichten von dir zu hören.«

Jess nickte und blieb noch einmal kurz stehen. »Ich denke, er wird bald wieder aufwachen«, sagte sie.

»Gut, dann drücken wir beide die Daumen, du und ich.«

»Volle Montur, Jessica. Sofort«, sagte ihre Mutter. Sie klang streng, doch auf dem Weg nach unten legte sie Jess einen Arm um die Schultern und hörte nicht auf, sie zu drücken, bis sich die Aufzugtüren im Erdgeschoss geöffnet hatten.

Die Spannung, die den ganzen Tag über in der Luft gelegen hatte, brach sich kurz vor Sonnenuntergang Bahn. Schwere Wolken jagten über den Himmel, verschmolzen miteinander und hüllten den Tag in eine verfrühte Dunkelheit. Manchmal hielten sie kurz inne, um neue Kraft zu holen, dann rissen sie auf und schleuderten ganze Regenwände auf die Straßen. Das Regenwasser spritzte knöchelhoch vom Asphalt auf. Ein ungestümer, böiger Wind wütete durch die Stadt.

Es war dunkel genug, dass Jess die Vorhänge öffnen und hinausschauen konnte. Vorsichtshalber trat sie aber doch ein paar Schritte zurück. Die Szene vor dem Fenster hatte etwas Faszinierendes. Etwas Wildes, Kräftiges. Ein Mann rannte die Straße hinunter und hatte Mühe, sich inmitten der Sturmböen auf den Beinen zu halten. Er hielt sich einen umgeklappten Schirm über den Kopf. Der verursacht mehr Probleme, als er löst, dachte Jess. Straßenlaternen gingen flackernd an.

Hin und wieder kitzelten Lichtblitze ihre Augen, und dann zählte sie die Sekunden – eins, zwei, drei, vier, fünf – bis es in der Ferne donnerte. Das Donnern wurde lauter, die Zahl der Sekunden nahm schnell ab, bis Blitz und Donner fast gleichzeitig erfolgten und die Blitzschläge direkt über ihnen waren. Dann zogen sie weiter, und die nächsten Gewitterwellen rollten heran.

Das Abendessen verlief schweigend, das Donnern und Prasseln des Gewitters ersetzte jedes Gespräch und auch das Radio.

»Du hast doch keine Angst, oder?«, fragte ihre Mutter, als Jess nach oben in ihr Zimmer gehen wollte.

Sie schürzte die Lippen und schnaubte kurz, doch sie fühlte sich nicht so wohl, wie sie tat.

»Früher bist du immer in mein Zimmer gekommen, weißt du noch? Du bist in mein Bett geschlüpft, bei jedem Gewitter.«

»Ja, das weiß ich noch«, sagte Jess. Nach einer kurzen Pause fügte sie hinzu: »Ich glaube nicht, dass ich das heute Nacht wieder tun muss.«

Ihre Mutter schmunzelte. »Glaub ich auch nicht.«

Jess stieg ein paar Stufen höher.

»Weißt du, wie du das erste Mal ein Feuerwerk gesehen hast …«, rief ihre Mutter ihr nach. Jess drehte sich um. »Du hattest eine Heidenangst und hast dauernd gefragt, ob dir auch wirklich nichts auf den Kopf fallen würde.« Ihre Mutter schmunzelte erneut, und Jess marschierte weiter.

Der Wind tobte und heulte immer noch, doch der Regen hörte irgendwann auf. Jess war froh – sie hätte keine Lust gehabt, pitschnass im Eisblumengarten herumzulaufen.

Sie wartete, bis sie Schritte im Treppenhaus hörte und wenig später der Lichtspalt unter ihrer Tür erlosch. Nach einigen Minuten stieg Jess aus dem Bett.

Sie war schon halb angezogen, als ein mordsmäßiger Donnerschlag die Fenster zum Klirren brachte. Sekunden später ging das Licht im Flur wieder an. Hektisch zerrte

Jess sich die wenigen Kleidungsstücke vom Leib und sprang schnell wieder unter ihre Decke, als sich im Flur ein Schatten ihrer Tür näherte. Sie zog sich die Decke bis ans Kinn und hoffte, dass ihre Mutter das Kleiderbündel neben ihr nicht bemerken würde.

Nach zweimaligem Klopfen ging die Tür auf. Jess blinzelte, als sei sie gerade aus tiefem Schlaf erwacht.

»Alles in Ordnung?«, wurde sie gefragt.

»Klar doch.« Jess reckte sich gähnend. Nicht übertreiben!

»Ich dachte … ich dachte, du hast vielleicht Angst. Das war ein Riesending.«

»Was für ein Riesending?«

»Der Donner. Hast du ihn nicht gehört?«

»Ach so, ich habe mich schon gefragt, was mich geweckt hat.«

»Du hast einen tiefen Schlaf, genau wie deine Mutter.«

»Keine Bange, ich habe mich nicht gefürchtet.«

Ihre Mutter nickte und wandte sich zum Gehen. Etwas stach in Jess' Herz und drehte sich hin und her. »Danke, dass du nach mir geschaut hast«, sagte sie. Ihre Mutter lächelte. Diesmal so richtig von Herzen.

»Gute Nacht, meine Kleine.«

»Nacht, Mum.«

Erst als Jess sich ganz, ganz sicher war, dass ihre Mutter wieder in ihrem Zimmer war, stieß sie einen langen, bebenden Atemzug aus.

Das war knapp, dachte sie. Zu knapp.

Sie wartete eine ganze halbe Stunde, bevor sie sich in Wind und Wetter hinauswagte.

12

Es war eine fast körperliche Erleichterung, wieder durch die Lücke zu schlüpfen, so ähnlich wie wenn man aus dem Wasser auftaucht und die Lunge mit Luft vollsaugen kann. Und doch beschlich Jess plötzlich auch ein Gefühl von Angst, eine flüsternde Unruhe wegen des Fremden, der sie offenbar von den Bäumen aus beobachtet hatte.

Ihre Phantasie war schon immer ihr bester Freund gewesen. Sie hatte sie trainiert – geschärft, damit sie so überbordend war wie nur möglich und sich so real anfühlte wie nur möglich. Und doch waren die Orte und Personen in ihrer Phantasie nicht real. Nicht real auf die Art, wie dieser Ort es war. Dieser merkwürdige Ort. Dieser leere Ort. Dieser Ort mit seinem violetten Himmel, der ihrer Haut nichts anhaben konnte. *Ihr* Ort. Inzwischen wusste sie aber, dass jemand hier eingedrungen war. Ihr blieb nichts anderes übrig, als diesen Eindringling zu finden. Um Antworten auf die Fragen zu erhalten, die sie neuerdings beschäftigten. Sie bemühte sich, ihre Ängste beiseitezuschieben, und machte sich auf den Weg.

Sie nahm einen schmalen Pfad, der an großen Beeten mit Schneeknospen und Frostblüten vorbeiführte – diese Namen gab sie ihnen, als sie an ihnen vorbeiging –, bis sie schließlich zu einem Hain von hohen weißen Hecken kam. Die Vegetation bildete eine lange Mauer, in deren Mitte der Eingang zum Labyrinth lag.

Vorsichtig ging Jess weiter und bog zweimal scharf ab, zuerst nach links, dann nach rechts. Die Hecken auf beiden Seiten waren mindestens dreimal so hoch wie sie selbst. Ihre Zweige waren krumm und verbogen und jeweils mit Hunderten silbrig-blauen Blättern geschmückt. Ab und zu hingen büschelweise blutrote Eisbeeren daran. Doch das Komischste war, dass die Wege absolut sauber waren, als wenn die Hecken sorgfältig gestutzt worden wären. Von wem wohl?, dachte sie. Was, wenn der Fremde gar kein Eindringling aus ihrer Welt war? Was, wenn er ständig hier war und diesen herrlichen Garten pflegte?

Nach ein paar weiteren Biegungen gelangte sie an einen Knotenpunkt, von dem drei Wege abgingen. Sie blieb stehen. Ein Kind sollte sich vermutlich nicht allein in ein Labyrinth wagen, oder? Aber da sie ohnehin bereits zwischen zwei Welten pendelte, beschloss sie, dass sie es sich vermutlich zutrauen konnte. Außerdem würden ihre Fußspuren im Schnee sie wieder zum Ausgang führen.

Als sie tiefer in das Labyrinth eindrang, bildeten die Hecken über ihr einen hohen Bogen. Dadurch war der Himmel verdunkelt, und jeder Schritt führte sie weiter hinein in tintenschwarze Dunkelheit. Kälteschauer jagten ihr über den Rücken, und sie ging unwillkürlich langsamer und langsamer, bis sie schließlich ganz stehen blieb.

Was um alles in der Welt machst du da, Jessica?, hörte sie ihre Mutter im Geiste fragen. *Das ist sehr dumm und sehr riskant, meinst du nicht auch?*

»Ich mag Risiken«, antwortete Jess ihrer Phantommutter. »Kannst du dir vorstellen, wie langweilig mein Leben Tag für Tag ist?«

Darüber haben wir uns doch schon unterhalten, Schatz, hörte sie ihre Mutter sagen. *Aber so ist es nun mal. Und es gibt eine Menge Dinge, für die du dankbar sein kannst. Warum machst du jetzt also nicht kehrt, kommst nach Hause und legst dich ins Bett?*

»Das mache ich, sobald ich herausgefunden habe, wer in meinem Garten ist.«

Und wie willst du das anstellen?

»Ich suche nach dieser Person.«

Und wenn du dich verläufst? Du könntest hinfallen und dich verletzen. Es gibt weit und breit keinen, der dir helfen könnte.

»Ich werde mich schon nicht verlaufen.«

Vergiss nicht, dass ich bald aufwachen werde.

»Ich weiß.«

Falls ich nicht bereits wach bin … Die Stimme ihrer Mutter wurde zu einem flimmerigen, schlangenartigen Zischen. *Ich bin bereits wach, Jessica. Ich bin in dein Zimmer gegangen und habe festgestellt, dass sich meine Tochter in einen Kleiderhaufen verwandelt hat. Mein Herz flattert, Schatz, und zerbricht in kleine Teile, die überall auf deinem Fußboden liegen werden …*

Jess knallte die Tür vor der Stimme zu und schloss sie gut ab. Das war nicht ihre Mutter gewesen; es waren ihre eigenen Schuldgefühle, die sich in ihrem Kopf breitgemacht hatten. Doch was hatte sie für eine Wahl? Ohne diesen Garten blieben ihr wieder nur ihre Geschichten, oder sie konnte sich auf einem menschenleeren Spielplatz Phantomfreunde ausmalen.

Sie zwang sich, noch tiefer in das Labyrinth zu gehen, und entschied sich jeweils nach ihrem Bauchgefühl für eine neue Richtung. Unterwegs versuchte sie, sich auf nichts anderes zu konzentrieren als auf den Ort, an dem sie war, und auf das, was sie gerade tat.

Sie bog um eine weitere Ecke, und plötzlich wurde alle Luft aus ihrem Körper gepresst.

Denn am Ende dieses Gangs stand eine Gestalt.

Ein Junge.

Ein Junge aus Eis, der blau und weiß schimmerte.

»Wer bist du?«, fragte er. »Und was hast du hier zu suchen?«

13

Jess wurde so schwindelig, als wenn sie gerade zu schnell aus einem heißen Bad aufgestanden wäre. Er besteht aus Eis, dachte sie. Der Fremde stammte gar nicht aus ihrer Welt! Seine Augen waren blaue Edelsteine unter Wimpern aus schimmerndem Frost. Sein Körper bestand aus einem kunstvollen Netz aus miteinander verbundenen Eiszapfen. Doch trotz alledem war er zweifelsohne ein Junge, ungefähr so groß und so alt wie sie. Und er war barfuß, wie ihr auffiel. Sie hatte beim letzten Mal also tatsächlich einen Fußabdruck gesehen.

»Ich habe gefragt, was du hier machst«, wiederholte er, diesmal etwas lauter.

Sie bemerkte, dass bei seinen erbosten Worten Schneeflocken um seine Füße wirbelten.

»Was hast du in meinem Garten zu suchen? Du gehörst nicht hierher.«

Sie zuckte unwillkürlich zusammen. Sein Garten – nicht ihrer. Also doch kein Reich, das nur ihr gehörte.

»Ich rede mit dir!«, zischte er, und ein eisiger Windhauch fegte plötzlich durch das Labyrinth.

»Ich tue nichts Verbotenes«, protestierte sie und wich ein paar Schritte zurück, für den Fall, dass der Junge gefährlich war.

»Du bist in meinem Garten!«, fauchte er, und seine Augen blitzten vor Zorn.

»Ich weiß«, sagte sie.

»Warum bist du in meinem Garten?«

»Ich habe ihn zufällig gefunden.«

»Wie *gefunden?*«

»Ich weiß nicht, ich habe ihn einfach entdeckt. Und ich wusste nicht, dass es hier noch jemanden gibt.« Sie konnte den defensiven Unterton in ihrer Stimme hören.

»Ich habe dich im Wald gesehen.«

»Hab ich mir gedacht«, erwiderte sie.

»Also hast du sehr wohl gewusst, dass hier jemand lebt«, rief er triumphierend.

»Ja, schon. Aber nicht gleich. Anfangs habe ich nicht gewusst, dass noch jemand hier ist außer mir. Doch beim letzten Mal habe ich dich gesehen.«

»Und du bist trotzdem zurückgekommen.«

Sie bemerkte, dass die Finger des Jungen zitterten. Er

hatte ebenfalls Angst. Angst vor *ihr!* Sie machte einen Schritt auf ihn zu.

»Mach nichts Dummes!«, bellte er, und der Schnee vor ihm wirbelte zu einem kleinen Tornado auf, nur bis in Kniehöhe, der dann zu Jess wirbelte, bevor er sich wieder auflöste.

Zum Zeichen des Friedens hielt sie beide Handflächen hoch.

»Bleib, wo du bist!«, fauchte er.

»Schon gut«, sagte sie besänftigend. »Ich heiße übrigens Jess.«

Der Junge überlegte kurz. »Du bestehst nicht aus Eis«, sagte er schließlich.

»Nein.«

»Wie kann das sein?«

»Na, weil ich ein Mädchen bin.«

»Und Mädchen bestehen nicht aus Eis?«

»Nein, aber Jungs auch nicht. Niemand.« Jess merkte, dass ihre Angst allmählich nachließ.

»Ich bin aber ein Junge und bestehe aus Eis.«

»Ich meinte, dort nicht, wo ich herkomme.«

»Und wo soll das sein?« Er klang nun eher neugierig als wütend.

In der realen Welt, dachte sie. »Auf der anderen Seite der weißen Mauer. In ihr gibt es einen Spalt.«

»Den hast du entdeckt?«

»Ja.«

»Du hast die Lücke entdeckt?«

»Ja, aber nicht absichtlich. Ich bin einfach durchgegangen, und jetzt bin ich hier.«

Der Junge schien sich etwas zu entspannen, als wenn er plötzlich etwas begriffen hätte. »Und dort, wo du herkommst, ist niemand aus Eis? Woraus dann?«, fragte er.

»Na, aus normalen Sachen. Du weißt schon, Haut, Knochen, Muskeln und so weiter.«

Er schauderte. »Ich weiß zwar nicht, was das ist, aber es klingt abstoßend.«

Jess schmunzelte. »Ist es vielleicht auch.« Sie machte einen weiteren Schritt auf ihn zu.

»Mach bloß nichts Dummes«, wiederholte er, aber mit weniger Nachdruck als noch vorhin.

»Was meinst du mit etwas ›Dummes‹?«

»Etwas Böses.«

»Warum sollte ich etwas Böses tun?«

Der Junge stutzte und schüttelte dann den Kopf. »Ich weiß nicht«, gab er zu.

Er sah so klein und kämpferisch aus, dass Jess nicht anders konnte als lachen.

»Was ist?«, wollte er wissen.

»Nichts, nur ... Du bist ganz anders, als ich erwartet hatte.«

»Aha, und was hast du erwartet?«

Nun war es an Jess, zuzugeben, dass sie es nicht wusste.

»Wie kann ich dann *anders* sein, als du erwartet hast?«

Damit hatte der Junge absolut recht, doch Jess hatte nicht vor, ihm das zu sagen. »Wie heißt du?«, fragte sie. »Ich meine, hast du einen Namen?«

»Natürlich habe ich einen Namen. Ich heiße Owen.«

»Schön. Freut mich, dich kennenzulernen, Owen.«

»Freut mich auch, dich kennenzulernen.« Er blickte nun etwas freundlicher drein. »Solange du kein Feind bist, meine ich.«

»Nein, ich bin kein Feind.«

»Richtig, aber du wärst ein ziemlich dummer Feind, wenn du offen sagen würdest, dass du ein Feind bist, nicht wahr?«

»Wenn ich ein Feind wäre, dann ganz bestimmt einer, der damit prahlt, wie unglaublich böse er ist, damit alle Angst vor ihm hätten.«

»Na schön, dann fühle ich mich schon etwas besser.« Ein schüchternes Grinsen huschte über das Gesicht des Jungen, und Jess sah, dass seine Zähne wie zierliche Kristallnadeln aussahen.

»Dein Garten ist wunderschön«, sagte sie.

Die Haarrisse in den Tiefen von Owens Körper schimmerten einen Moment lang rot auf, wie glühende Kohlenasche.

»Ich meine, ich habe noch nicht viel davon gesehen.

Ich habe mich nur ein bisschen umgeschaut. Aber oben vom Thron aus konnte ich eine ganze Menge sehen.«

»Von wo aus?«

»Vom Thron. So nenne ich den großen Eiswürfel oben auf dem Hügel, mit der Aushöhlung auf einer Seite. Darauf kann man wunderbar sitzen.« Sie musterte ihn neugierig. »Ich vermute, du hast deine eigenen Bezeichnungen für die Dinge hier, stimmt's?«

»Nein, nicht wirklich.«

»Wie soll das gehen? Ähm, wie erklärst du einem anderen, wo du sein wirst?«

»Wem sollte ich das erklären wollen?«

»Na, den anderen.«

»Welche anderen? Ich bin der Einzige hier.«

Allein, dachte Jess. Ganz allein.

»Soll ich dir etwas Schönes zeigen?«, fragte der Junge plötzlich aufgeregt, und von seiner Verärgerung und seinem Misstrauen war nichts mehr zu merken.

»Was?«

Er lächelte wieder. »Du wirst schon sehen«, sagte er und streckte ihr seine Hand hin. Als Jess sie ergriff, wurde sie von einer grimmigen Kälte durchzuckt, die trotz ihrer dicken Handschuhe wie ein Stromstoß durch ihren Körper jagte, und sie zuckte zusammen.

Doch Owen hatte sich bereits umgedreht und lief davon. Jess heftete sich an seine Fersen und folgte ihm durch das Labyrinth, und ihr Herz hämmerte in ihrer Brust vor lauter Anstrengung, bei seinem Tempo mitzuhalten. Er war unglaublich trittsicher. Während sie immer wieder ausrutschte wie ein kleines Reh, das erst laufen lernen musste, kam der Junge kein einziges Mal ins Rutschen. Ab und zu blickte er zu ihr zurück, und sie sah, dass er übers ganze Gesicht strahlte. »Schneller!«, rief er ihr lachend zu.

Jess merkte, dass sie kicherte, was das Laufen nicht gerade einfacher machte, doch das war ihr egal. Sie tat es! Sie tat es wirklich. Sie spielte im Freien mit einem anderen Kind. Und es dauerte nicht lange, bis sie beide aus vollem Herzen lachten, bis sie kaum noch Luft bekamen. Wenn Owen lachte, glühte er von innen heraus. Es war wie die letzten Momente eines Sonnenuntergangs – wenn die Farben aufglühten, aufflammten und dann erloschen.

»Wo laufen wir hin?«, rief Jess. »Kennst du den Weg überhaupt?«

Das Ganze ergab keinen Sinn. Das Labyrinth hatte längst nicht so riesig gewirkt, als sie es vom Thron aus gesehen hatte. Und doch sauste sie nun um Kurve um Kurve, immer weiter und weiter, und nie zweimal auf demselben Pfad. Das Labyrinth schien so riesig zu sein, dass es den ganzen Eisblumengarten umfasste.

»Wie groß ist das denn hier?«, rief sie und erntete damit nur ein schallendes Lachen von ihrem Begleiter, bevor er um die nächste Biegung rannte.

Ihr Atem ging stoßweise, und sie konnte plötzlich Blut schmecken. »Owen?«, rief sie. Dann, lauter: »Owen?« Sie bog erneut um eine Ecke und sah plötzlich Tausende von Wegen, aus denen sie auswählen konnte, weitaus mehr, als jemals in einen so kleinen Ort passen würden. Jeder der Wege führte ins Dunkel, und sie alle starrten sie an wie die Mäuler einer vielköpfigen Kreatur. Sie keuchte, war schweißgebadet, und das Lachen war ihr vergangen. Das ist unmöglich, dachte sie.

Da hörte sie ein Rauschen, das möglicherweise aus ihrem eigenen Kopf gekommen war. Sie hätte geschworen, dass irgendetwas Schwarzes aus den Tunneln vor ihr sickerte und über den Untergrund auf ihre Füße zuströmte. Die Schwärze war tief und üppig und hungrig. Sie wich ein paar Schritte zurück. Es darf mich nicht berühren. Bitte, lass es mich nicht berühren. Plötzlich glaubte sie, in der Dunkelheit eine Stimme zu hören. *Was bist du?* Die Worte waren in ihrem Kopf, zischend und spuckend, doch es waren nicht *ihre* Gedanken. *Was bist du, Mädchen?*

Sie stolperte rückwärts, musste aber mit Schrecken feststellen, dass sich die Hecken auf einmal unmittelbar hinter ihr befanden und ihr den Fluchtweg abschnitten. Die Schwärze kroch näher und näher, hatte beinahe schon ihre Füße erreicht. Sie schloss die Augen.

Nichts.

Vorsichtig öffnete sie die Lider wieder und sah, dass nur noch ein Pfad da war, der leicht gekrümmt von ihr wegführte. Zögernd machte sie ein paar Schritte und befürchtete insgeheim, irgendetwas Düsteres würde seitlich herausschnellen und nach ihr greifen. Doch nichts geschah. Der Pfad führte sie aus dem Labyrinth heraus und einen steilen Weg hinauf. Oben auf dem Hügel stand Owen, an einen Baum gelehnt.

»Was war das?« Ihre Stimme klang heiser und trocken.

»Was meinst du?«

»Was hast du gemacht?«

»Nichts!«

»Das eben war nicht normal. So etwas ist mir hier noch nie passiert. Das war nicht ...« Sie fand keine Worte und musste aufsteigende Tränen wegblinzeln. Nimm dich zusammen, Jess!, ermahnte sie sich.

»Wovon redest du?«, fragte er. »Ich habe gewartet. Warum hast du so lange gebraucht?«

Log er sie an? Sie musterte sein Gesicht, um irgendwelche Anzeichen dafür zu entdecken. »Dann warst es nicht *du*? Du hast es nicht gemacht?«

»Was habe ich nicht gemacht?«

»Da war etwas ...«, stammelte sie. »Es wollte nach mir greifen.«

»In dem Labyrinth gibt es nichts. Nur Hecken.« Owen sah sie stirnrunzelnd an.

»Das Labyrinth war auch anders«, fuhr sie fort. »Größer. Sehr viel größer, als ich dachte. Wie kann das sein?«

»Der Garten ist größer, als er aussieht, Jess.«

»Was soll das heißen?«

»Er besteht aus mehreren Ebenen«, erklärte er und breitete beide Arme aus. »Die können sich entfalten. Zumindest für mich.«

Sie setzte sich auf den Boden, denn ihre Beine schmerzten. Konnte das stimmen? Sie merkte, wie wenig sie im Grunde über den Garten wusste. Sie war nicht wie dieser Junge aus Eis.

»Wie lange bist du schon hier, Owen?«, fragte sie.

Er gab ihr keine Antwort, sondern drehte sich um und zeigte auf etwas. »Schau!«, sagte er. »Das wollte ich dir zeigen.«

Sie erkannte es auf den ersten Blick – eine breite, glatte Vertiefung, die in Schlangenbewegungen von dem Hügel in den Garten hinunterführte. »Eine Rutsche!«, rief sie begeistert. Hier im Freien, unter dem sanften Himmel, schien die Düsternis des Labyrinths plötzlich meilenweit weg zu sein.

Owen setzte sich als Erster auf die Rutsche und drehte noch einmal den Kopf, um ihr einen guten Rat zu geben. »Du musst die Beine anheben, wenn du unten ankommst.«

Während er nach unten sauste, dachte Jess an all die anderen Mädchen, die normale Schulen besuchten, ein normales Leben führten und die in einer Million Jahre nicht so etwas Lächerliches wie das hier tun würden. Und sie war heilfroh, dass sie nie normal sein würde.

Jess setzte sich oben ans Ende der Vertiefung und sauste nach unten, und ihr Körper wurde in den Kurven von einer Seite auf die andere geschleudert. Sie fühlte sich wie eine Puppe, die von einem Kleinkind geschüttelt wurde. Auf der Fahrt nach unten stach ihr etwas ins Auge – etwas, das sich über ihr am Himmel bewegte. Es war ein plumpes, flatterndes Wesen mit langen, seitlich ausgestreckten Ohren. Meine Fliegende Elefantenmaus, dachte sie entzückt und kreischte vor Freude. Sie musste ihr unbedingt einen richtigen Namen geben!

Doch da war sie auf ihrer berauschenden Rutschpartie auch schon unten angelangt, hob rechtzeitig die Beine hoch und segelte ein gutes Stück durch die Luft, bevor sie relativ würdevoll auf dem Boden aufkam.

»Eine perfekte Landung!«, rief sie mit leuchtenden Augen.

»Nicht schlecht fürs erste Mal«, meinte Owen achselzuckend.

Jess richtete sich auf. »Noch mal?«

14

Die nächsten drei Tage vergingen wie im Fluge. Tagsüber litt Jess unter der drückenden Sommerhitze, und nachts gönnte sie sich den erfrischend kühlen Eisblumengarten. Ihre Mutter fragte mehr als einmal, ob alles in Ordnung sei, und Jess musste ja sagen, obwohl es eine Lüge war. Denn nichts war nur »in Ordnung«. Alles war herrlich. Sie konnte sich nicht auf ihre Lektionen konzentrieren und auch nicht auf den Bücherstapel neben ihrem Bett. Sie hatte keine Lust, fernzusehen oder Karten zu spielen. Sie hatte nicht mal Lust, eine neue Geschichte zu schreiben, was sie früher immer gern getan hatte. Früher, als sie noch andere Hobbys gehabt hatte. Doch immer wenn sie sich hinsetzte, um etwas zu schreiben, dachte sie an ihren neuen Freund, und alle anderen Gedanken stoben wie ein aufgeschreckter Vogelschwarm auseinander. Abgesehen vom Eisblumengarten war nur Davy noch für sie von Interesse, doch ihn konnte sie erst bei ihrem nächsten Behandlungstermin im Krankenhaus wieder besuchen.

»Was machst du, wenn ich nicht da bin?«, hatte Jess Owen in der nächsten Nacht gefragt.

»Na, ganz normale Dinge«, hatte Owen erwidert.

»Was ist ›normal‹ bei einem Eisjungen?«

»Ich schlafe, esse, spiele, normale Dinge eben.« Er sah sie fragend an. »Und was machst du, wenn du nicht hier bist?«

»Ungefähr das Gleiche«, sagte sie. »Und ich habe Unterricht.«

»Was ist Unterricht?«

»Da lernt man neue Dinge.«

»Was für Dinge?«

»Nun, Fakten über die Welt.«

Owen ließ sich diese Information durch den Kopf gehen. »Ich glaube nicht, dass ich Unterricht brauche«, sagte er dann.

»Jeder braucht Unterricht«, behauptete Jess.

»Ich weiß alles, was ich wissen muss.«

»Unsinn, das geht gar nicht.«

Owen zuckte mit den Schultern. »Na gut, und was hast du heute gelernt?«

»Ähm ...« Sie musste zuerst Luft holen. »Zuerst hätte ich Mathe gehabt, aber mein Lehrer konnte nicht kommen, weil er Grippe hat. Deshalb hat Mum mit mir Mathe gemacht, aber ich glaube, sie wusste selbst nicht so recht, wovon sie geredet hat. Danach habe ich ein Buch über die Industrielle Revolution gelesen.«

»Was ist ›industrielle ...‹«, fiel Owen ihr ins Wort.

»Das war damals, als die Menschen nicht mehr nur als Bauern arbeiteten und in Fabriken gingen, um Maschinen zu bauen und solche Sachen, und ich glaube, dass damals vermutlich alle wirklich interessanten Tiere wie Einhörner und Drachen ausgerottet wurden.«

»Aha«, sagte er bedächtig.

»Und danach hatte ich Französisch.«

»Was ist das?«

»Die Sprache, die in Frankreich gesprochen wird«, erklärte sie.

»Besteht Frankreich aus Eis?«

»Natürlich nicht. Es besteht hauptsächlich aus Plastik, genau wie England.«

»Tja, dann werde ich vermutlich nie nach Frankreich gehen«, sagte er.

»Stimmt, vermutlich nie.«

Owen sah so geknickt aus, dass Jess nicht wusste, ob sie ihn tröstend in den Arm nehmen oder lachen sollte.

»Was ist?«, fragte er und zog einen Flunsch.

»Du lebst *hier*«, sagte sie. »Sieh dich doch um, das hier ist ein herrlicher Ort. Du hast Eisäpfel! Du hast eine Fliegende Elefantenmaus! In meiner Welt gibt es nichts dergleichen. Dort ist alles ... *normal*. So interessante Dinge wie hier gibt es nicht. Wenn ich hier leben würde, würde ich nie woanders hingehen wollen.«

Doch das stimmte nicht, wie sie schon merkte, als diese Wörter ihren Mund verließen. In ihrer Welt gab es Dschungel und Berge, Wüsten, die sich über Hunderte von Meilen erstreckten. Es gab komische kleine Geschöpfe, denen eine Laterne aus dem Kopf wuchs und die in der undurchdringlichen Finsternis am Meeresboden der Ozeane lebten. Owen, der noch nie flüssiges Wasser gesehen hatte, könnte sich einen Ozean vermutlich nicht einmal *vorstellen*. Und wenn sie es genau bedachte, war sogar ihre kleine, langweilige Stadt etwas Tolles. Sie war voller Menschen, die sich mit allen möglichen Geräten durch die Stadt bewegten, über die sie sich kaum noch wunderten. Es gab die schräge Madame Dobson und Mr Olmos mit seinen abstrusen Ideen. Es gab Davy, der interessant für sie war, obwohl er die ganze Zeit schlief! Und dann gab es natürlich noch ihre Mutter ... und auf einmal hatte Jess einen dicken Kloß im Hals.

Ein hohes Piepsen an ihrem Handgelenk. Drei kurze Piepser, gefolgt von einer Pause, und dann drei weitere. Owen zuckte zusammen.

»Tut mir leid«, sagte sie, schaltete den Alarm aus und sprang auf. »Meine Zeit ist um.«

Am nächsten Tag versuchte sie gar nicht erst, eine Geschichte zu schreiben. Stattdessen schlüpfte sie gleich nach der Unterrichtsstunde über die Geschichte der Kanäle mit ihrer Mutter in die »volle Montur« und überquerte die Straße.

Als Mr Olmos Jess die Tür vom Haus Nummer dreiunddreißig öffnete, erschrak sie, denn er hielt ein großes Nudelholz über dem Kopf. Doch bei ihrem Anblick verzogen sich die Sturmwolken von seinem Gesicht, und an ihre Stelle trat ein breites, erfreutes Lächeln.

»Jessica!«, rief er, trat zur Seite und winkte sie mit dem Nudelholz ins Haus, fast wie ein Polizist, der den Verkehr regelte. »Du hast dich ein paar Tage nicht blicken lassen.«

»Was haben Sie damit vor?«, fragte sie mit Blick auf das Nudelholz.

»Ah, damit? Nichts …« Er wich ihrem fragenden Blick aus.

»Sie haben auf den Paketboten gewartet, richtig?«

»Paketbote? Ha!« Mr Olmos tat, als würde er ausspucken. »Er *sagt*, er sei Paketbote, aber was ist er wirklich?«

»Nun, immerhin fährt er mit einem Transporter voller Pakete durch die Gegend.«

»Was clever von ihm ist, da gebe ich dir recht. Aber wenn du meine persönliche Meinung hören willst – er ist viel eher ein Dämon als ein Mann von der Post.« Er fing

Jess' skeptischen Blick auf. »Ein Dämon, der geschickt wurde, um mich damit zu quälen, dass er mein neues Apiarium nicht zustellt.«

»Ihr *was?*«

»Ein Bienenhaus! Ich will Imker werden! Sofern mir dieser Teufel endlich die nötigen Sachen bringt, die ich bereits anständig und ehrlich bezahlt habe, Jess!«

»Und deshalb wollten Sie mit dem Nudelholz auf ihn einschlagen?«

»Nun ... geschlagen hätte ich ihn vermutlich nicht. Aber vielleicht hätte ich ein bisschen damit herumgefuchtelt.«

Während dieser Unterhaltung war Jess ihrem Nachbarn durch den Flur und in seine helle Küche im hinteren Teil gefolgt. Es war jedes Mal aufregend, bei Mr Olmos zu sein. Bei ihr zu Hause war es immer sauber und ordentlich, hier in Nummer dreiunddreißig herrschte ein absolutes Chaos. Nicht, dass es schmutzig gewesen wäre – ganz bestimmt nicht. Es war nur so, dass auf allen Tischen und in allen Ecken die Überreste von halbfertigen Projekten standen oder lagen. Dazu kamen die vielen Bücherregale, die sich in der Mitte unter dem Gewicht ihrer Last durchbogen. Mr Olmos besaß alle Arten von Büchern, die man sich nur vorstellen konnte, von ledergebundenen dicken Wälzern, die halb so viel wogen wie Jess, bis hin zu vergilbten alten Comics. Hier würde Jess genügend passende Dinge finden, um Owen einen Eindruck von ihrer Welt zu vermitteln.

Mr Olmos ließ unterwegs alle Jalousien herunter. »Du kannst das alberne Ding jetzt vom Kopf nehmen«, sagte er. »Damit siehst du total lächerlich aus, ehrlich – ich weiß nicht, warum du solchen Wert darauf legst, dauernd damit herumzurennen.«

Jess grinste. Die meisten Erwachsenen fanden ihre Kopfbedeckung viel zu unheimlich, um Witze darüber zu machen.

Sie sah ihm zu, als er eine bizarr aussehende Mischung aus Kräutern und Blättern in eine Glaskanne stopfte und kochendes Wasser darüber schüttete. Mit dem Dampf stieg ein übler Geruch auf. »Willst du auch?«, fragte Mr Olmos und goss sich einen Becher ein. Sie verzog das Gesicht.

»Wie du willst«, sagte er achselzuckend.

»Was ist es?«

»Ein Zaubertrank. Ihm verdanke ich mein jugendliches Aussehen.«

Jess studierte sein Gesicht. Die Haut erinnerte sie an Walnüsse, von der Farbe und der Konsistenz her. Seine Haare und sein Bart waren wuschelig und grau. Doch seine braunen Augen waren scharf, hart und präsent.

»Mein Spezialrezept«, sagte er und trank einen Schluck. »Schmeckt scheußlich, aber darum geht es nicht.« Ein weiterer Schluck. »Du meine Güte, schmeckt wirklich scheußlich.«

Sie plauderten eine Weile über das Bienenprojekt, das Mr Olmos als Nächstes in Angriff nehmen wollte, bis Jess damit herausrückte, dass sie sich gern ein paar Sachen ausleihen würde.

»Was für Sachen?«

»Och, irgendwas. Sie wissen schon, ganz beliebige Sachen.«

»Hier ist rein gar nichts beliebig, Jessica. Sieht nur so aus.«

»Ich habe einen Freund. Er ist aus … von woanders. Und ich will ihm zeigen, wie unser Leben hier ist.«

»Woher ist er? Ist er von da, wo ich herkomme? Falls ja, dann bring ihn doch mal mit.«

»Nein, er ist nicht von da, wo Sie herkommen.«

»Egal, du kannst ihn trotzdem mal mitbringen.«

»Ich fürchte, das geht nicht.« Sie wartete. »Und ich bringe auch alles wieder zurück.«

Er musterte sie, und sie dachte schon, er würde ihr eine weitere Frage stellen, doch dann zuckte er mit den Schultern. »Du kannst alles behalten«, sagte er. »Betrachte es als Geschenk.«

In diesem Moment hörten sie den Briefkasten klappern, und Jess stürzte sich auf das Nudelholz, bevor Mr Olmos es sich schnappen konnte.

15

Am Abend packte sie die Sachen, die sie bei Mr Olmos ausgesucht hatte, in ihren Rucksack. Darunter waren ein Atlas, damit sie Owen ihre ganze Welt zeigen konnte, und ein Buch über Afrika, damit er auch mal Tiere aus Fleisch und Blut sah. Dann noch eine einfache Leiterplatte mit einem Lämpchen daran, um ihm etwas Technisches zu zeigen, und ein altes, kleines Kampfflugzeug aus Plastik – und sie würde ihm erklären, dass Technik nicht immer zum Guten eingesetzt wurde. Außerdem hatte sie eine französische Flagge dabei, sorgfältig zusammengefaltet. Da Owen nie nach Frankreich fahren konnte, würde sie ihm das Land eben auf diese Weise nahebringen.

Zu guter Letzt griff sie in ihre Sockenschublade und wühlte so lange darin herum, bis ihre Finger ein Schmuckkästchen ertasteten. Darin befand sich ein kleiner, in Seidenpapier eingewickelter Gegenstand, ihr größter Schatz.

Sie konnte die Form durch das Papier in etwa ertasten. Das war der wichtigste Gegenstand – der Owen etwas mehr über sie verraten würde. Sie steckte ihn in ihre Tasche und verließ leise das Haus.

»Danke für die vielen Geschenke«, sagte Owen.

»En français, s'il te plaît.«

Er sah sie ratlos an.

»Merci«, sagte sie. »Man sagt *merci*.«

»Mörcy«, versuchte er es.

»Ganz gut für den Anfang.«

Sie hatte die Flagge an den Ästen des Alten Mannes aufgehängt. Sie sah etwas komisch aus an ihrem neuen Platz, an der alten knorrigen Eiche aus Eis. Hin und wieder kam eine leichte Brise und ließ die blau-weiß-rote Stoffbahn flattern. Die anderen Sachen, die Jess mitgebracht hatte, standen oder lagen auf einer Bank. Owen war voller Aufregung von einem zum nächsten gehüpft, wie ein Verhungernder an einem Büfetttisch. Irgendwann erklärte ihm Jess, dass sie nun jeden Gegenstand einzeln mit ihm durchgehen wolle, doch er stellte so viele Fragen, dass sie nach einer Stunde erst ein Viertel des Atlas durchgesehen hatten.

»Dieses Land heißt also Amerika.«

»Das sind die USA, richtig.«

»Was bedeutet USA?«

»Es steht für die Vereinigten Staaten von Amerika.«

»Und die USA sind nur Nordamerika?«

»Richtig.«

»Aber das da unten ist auch Amerika?«

»Ja, Südamerika.«

»Und das hier?«

»Mittelamerika.«

»Und alles zusammen ist ...?«

»Amerika, ja.«

»Das Land Amerika liegt also in ... Amerika?«

»Au Mann, du machst es komplizierter, als es ist.«

Owen runzelte die Stirn und blätterte zu Südasien weiter.

Jess lehnte sich an ihren Rucksack und betastete den eingewickelten Gegenstand in ihrer Tasche. Ihre Finger zitterten so stark, dass sie eine Faust ballen musste. Sollte sie es tun? Konnte sie ihn ihm wirklich zeigen? Den Gegenstand, von dem nicht einmal ihre Mutter wusste.

»Ich möchte dir noch etwas zeigen«, sagte sie schließlich.

Owens Miene hellte sich auf. »Noch ein Geschenk?«

»Nein, behalten darfst du es nicht. Und es ist etwas schräg, deshalb musst du mir versprechen, dass du nicht lachst.«

»Wie – *schräg*?«

»Es ist ... sehr persönlich.«

Er legte den Atlas beiseite und setzte sich neben sie. Jess holte tief Luft und holte den Gegenstand aus ihrer Tasche. Behutsam schälte sie ihn aus dem Seidenpapier, und eine kegelförmige Muschel kam zum Vorschein. Sie war allerdings in zwei Teile zerbrochen.

»Was ist das?« Owens Augen huschten wieder zu dem Stapel der Bücher, die sie ihm gebracht hatte. »Es ist ja kaputt.«

»Das weiß ich, Owen.«

Er zuckte nur mit den Schultern, und Jess fuhr fort: »Mein Vater hat es mir geschenkt.« Ihr Mund war plötzlich ganz trocken. »Wir haben Urlaub gemacht am Meer, und ich war noch sehr klein. Eines Morgens hat er mir diese Muschel von einem Strandspaziergang mitgebracht. Ich erinnere mich noch ganz genau … Ich erinnere mich, wie er sie mir auf seiner Handfläche vors Gesicht hielt. An seiner Hand klebten noch ein paar Sandkörner. Ich erinnere mich daran, wie warm seine Hand war, als ich die Muschel in meine Finger nahm. Es war ein heißer Tag. Und er hat mir erzählt, dass früher ein Tier in dieser Muschel gelebt hat.«

»Ein Tier? Da drin?«

»Ja, und als das Tier tot war, wurde die leere Muschel an den Strand gespült. Sie kann lange im Sand gelegen haben, hat er gesagt, und hat nur darauf gewartet, dass jemand sie findet und seiner entzückenden Tochter als

Geschenk mit nach Hause bringt. ›Seine entzückende Tochter‹, so hat er mich genannt. Und dann hat er mir ein Küsschen auf die Stirn gedrückt.«

Ihr Magen verknotete sich, und sie hatte Mühe, ihre Tränen zurückzuhalten.

»Ich hatte sie immer auf meinem Nachttisch liegen, doch dann ging er fort. Ich wusste, dass Mum sie nicht mehr sehen wollte, und da habe ich sie ganz hinten in der Schublade versteckt. Ab und zu hole ich sie heraus, betrachte sie und denke an die Sandkörner an seiner Hand und wie er mich auf die Stirn geküsst hat.«

»Er ist nicht mehr da?«

»Nein.«

»Warum?«

Weil er gemerkt hat, dass ich nie normal sein werde, dachte Jess. Und das hat ihm nicht gefallen. Ganz und gar nicht.

Sie schüttelte den Kopf und zeigte auf die Muschel. »Sie ging mir kaputt, als wir umgezogen sind. Ich hätte sie wegwerfen sollen, aber …« Nicht weinen, niemand darf dich weinen sehen. Nie mehr. »Ja, ich hätte sie wohl wegwerfen sollen.« Nicht, Jess. Lass es. Doch sie konnte nichts dagegen tun. Tränen rollten über ihre Wangen und fielen auf den gefrorenen Boden. »Entschuldigung, wie dumm von mir«, sagte sie leise.

Owen legte seine Hand auf ihre. Für Jess fühlte es sich

an, als würde Eiswasser durch ihre Adern fließen. Sie blickte ihn an.

»Ich finde es gar nicht dumm«, sagte er. »Kein bisschen.«

Jess ging durch die Weston Street und dann weiter zur High Street. Sie fühlte sich leer und erschöpft, und doch irgendwie stärker als zuvor. Ihr Arm prickelte noch immer leicht von Owens Berührung – schmerzhaft und tröstlich zugleich. Sie ging wie immer mit gesenktem Kopf und stieß prompt mit jemandem zusammen, der gerade aus einer Frittenbude kam.

»'tschuldigung«, murmelte sie und versuchte, an der Frau vorbeizugehen. Doch die Frau hielt sie an der Schulter fest. Ihre Jeansjacke roch ziemlich übel. Jess wich ängstlich zurück. »Entschuldigung«, wiederholte sie und hoffte, dass ihre Stimme nicht bebte.

»Ganz schön spät, hm?«

»Kann ich bitte weitergehen?« Sollte sie sich losreißen und davonrennen? Sie wollte nichts, als von der Frau weglaufen und nach Hause rennen, um in Sicherheit zu sein.

»Wie kommt es, dass du dich so spät noch auf der Straße herumtreibst?« Das Lächeln der Frau wirkte unsicher. Dicke Finger trommelten nervös auf die glänzende Handtasche.

»Ich weiß.« Jess streckte das Kinn vor. Lass sie nicht merken, dass du Angst hast.

»Wie alt bist du?«

»Wieso?«

»Weiß deine Mutter, wo du bist?«

»Ich bin zwölf. Welche Mutter wüsste nicht, wo ihre zwölfjährige Tochter so spät am Abend ist?«

Die Frau öffnete den Mund, was etliche weitere Kinne darunter zum Vorschein kommen ließ. Jess hielt ihrem prüfenden Blick eisern stand, mit einem Blick, den ihre Mutter den strengen Blick nannte. Jess hatte eine breite Stirn, ein schmales Kinn und große, hellgraue Augen. Sie hatte schon längst gemerkt, dass sie, wenn sie sich konzentrierte, immer einen sehr ernsten, strengen Blick hatte, was viele Erwachsene zu verunsichern schien.

»Du bist niedlich«, sagte die Frau schließlich.

Das war, wie Jess genau wusste, eine Lüge. Sie konnte niedlich sein, aber nur, wenn sie es wollte, und ganz bestimmt nicht, wenn sie ihren strengen Blick aufsetzte.

»Ich könnte ja mit dir zusammen warten, bis deine Mutter zurückkommt«, schlug die Frau vor. »Wo ist sie noch mal?«

»Ich habe nicht gesagt, dass sie hier ist. Ich habe nur gesagt, dass sie weiß, wo ich bin.«

Das schien der Frau irgendwie nicht zu behagen, doch da rief jemand von der anderen Straßenseite ihr »Hallo!«

zu. Widerwillig nahm sie endlich ihre Hand von Jess' Schulter, obwohl sie vermutlich dachte, dass es falsch war, ein kleines Mädchen nachts allein auf der Straße stehen zu lassen. Aber sie wusste auch nicht, was sie genau tun sollte. »Du solltest besser rasch nach Hause gehen«, sagte sie zum Abschied und drehte sich um.

»Wollte ich sowieso«, sagte Jess. »Sie brauchen sich keine Sorgen um mich zu machen.« Sie war sehr erleichtert.

Sie machte einen ersten Schritt, doch dann erschrak sie – beim Anblick eines extrem großen, dünnen Mannes, der in ihre Richtung kam. Er trug einen hellblauen Arztkittel und darüber einen offenen Hoodie. Es war Doktor Stannard, der ganz offensichtlich von seiner Spätschicht kam und auf dem Nachhauseweg war. Jess hämmerte das Herz bis zum Hals.

Mit großen Schritten kam er näher. Zum Glück starrte er angestrengt auf sein Smartphone und schien etwas zu lesen. Aber er müsste nur kurz aufblicken, dann ... Ein einziger Blick in ihre Richtung, und sie würde auffliegen. Und ganz plötzlich sah sie das Gesicht ihrer Mutter vor sich – vor Sorge verkniffen und mit roten, eingesunkenen Augen. Zuerst würde sie schimpfen, und das wäre schon schlimm genug. Doch dann käme die Enttäuschung, und das wäre noch schlimmer. Jess würde ihr erklären müssen, was es mit ihren nächtlichen Ausflügen auf sich hatte, und jede Chance, sich heimlich wieder aus dem Haus schleichen zu können, wäre für immer vorbei. Für immer und ewig vorbei. Sie würde den Eisblumengarten nie mehr wiedersehen. Und auch Owen nicht.

Inzwischen war der Doktor keine zehn Meter mehr weg. Jess hatte keine andere Wahl: Sie drehte sich um, drückte sich an die Frau und vergrub ihr Gesicht in deren Jeansjacke. Sie konnte das weiche Fleisch darunter spüren. »Ich weiß nicht, wo meine Mutter ist«, sagte sie kleinlaut.

»Hast du nicht gesagt ...«, begann die Fremde, doch Jess begann leise zu schluchzen, und ihre Schultern bebten. Sie spürte, wie sich der Körper der Frau verspannte, doch nach kurzem Zögern begann sie, Jess beruhigend auf den Rücken zu klopfen. »Du armes Ding ...«

Jess klammerte sich noch fester an die Frau. Aus dem Augenwinkel sah sie, wie der Doktor an ihnen vorbeiging. Seine hohen Wangenknochen zeichneten sich deutlich im kalten Licht seines Handy-Displays ab. Jess hielt die Luft an, bis die Gefahr vorüber war.

Dann wartete sie vorsichtshalber noch ein paar Sekunden, bevor sie die Frau abrupt losließ.

»Jetzt ist es wieder gut«, sagte Jess. »Danke.«

»Aber deine Mutter?«

Jess zuckte mit den Schultern und lächelte die Frau an. Dann stibitzte sie ein Pommesstäbchen aus deren Tüte und lief eilends davon.

16

Wetten, dass du dich nicht traust?«

»Ich habe zuerst gefragt.«

»Egal, ich wette doppelt.«

»Das geht nicht.«

Sie wetteiferten voller Freude und in aller Freundschaft, und die Neckereien sprudelten wie Wasser, wenn man Moos ausdrückt.

»Wetten, dass du in einer Minute keine drei Eisäpfel essen kannst!«

»Her damit!«

»Wetten, dass du dich nicht traust, auf dem Bauch und mit dem Kopf voraus die Rutsche runterzurutschen?«

»Dann sperr' die Augen auf!«

»Wetten, dass du dich nicht traust, unsere Flagge ganz oben an den Baum dort zu hängen?«

»Und wenn ich abrutsche?«

»Wenn du dich nicht traust, habe ich gewonnen.«

»Dann gib die Flagge her!«

»Vive la France!«

Diese Mutproben wurden immer mit einem feierlichen Handschlag besiegelt, und wer sie bestand, durfte sich die nächste Aufgabe ausdenken.

»Wetten, dass du dich nicht traust, über die Brücke zum Wald zu gehen«, sagte Owen, der gerade mit einem Arm an einem der Äste des Alten Mannes hing.

Jess blickte nicht auf, doch ihre Haut begann zu prickeln, und ein kalter Schauer lief ihr über den Rücken.

»Was ist?«, hakte er nach.

»Warte.« Sie brach ein Stück von der Schokolade ab und hielt sie der Fliegenden Elefantenmaus hin, die im Gebüsch saß.

»Du willst nur Zeit schinden.« Er stellte sich neben sie und bückte sich ebenfalls.

»Lass das, sonst kriegt sie Angst.«

»Es ist nicht dieselbe Maus wie letztes Mal.«

»Doch!«

»Woher willst du das wissen?«

»Ich erkenne sie wieder.«

»Ach was, sie sehen alle gleich aus.«

»Ich erkenne sie, Owen. Ich dressiere sie schließlich.«

»Du kannst sie nicht dressieren, wenn es jedes Mal ein anderes Tier ist.«

»Ist es nicht! Es ist ein Männchen und heißt Arnold.«

»Du nennst sie Arnold? Warum?«

»Ganz einfach – weil sie so heißt.«

»Die Brücke, Jess. Wenn du dich nicht traust, habe ich gewonnen.«

»Komm schon, mein kleiner Freund«, säuselte sie. »Knabber doch mal.« Sie schob das Schokoladenstück ein Stück näher zu dem Tierchen, dessen winzige Schnurrhaare vor Aufregung zuckten. Vorsichtig wagte es sich einen Schritt vor, während seine Äuglein ständig von Jess zum Futter und wieder zurückhuschten. Schließlich stellte es sich auf die Hinterfüße und griff mit den Vorderfüßen nach der Schokolade. Mutig biss es einen klitzekleinen Bissen davon ab. »Schokolade«, flüsterte Jess. »Ich hab's geahnt.«

Das Tierchen begann nun voller Eifer zu futtern, und sein durchscheinendes Köpfchen bekam schlammbraune Streifen. Vorsichtig legte Jess einen Zeigefinger auf den pelzigen Rücken. Das Tierchen futterte weiter.

»Er läuft nicht weg«, flüsterte sie und blickte auf. Owen verdrehte die Augen. Jess begann, das Tierchen zu streicheln, und merkte, dass es sich etwas entspannte, so dass sie an der ganzen Wirbelsäule entlangfahren konnte. Er lässt es zu, dachte sie. Endlich!

Was dann geschah, ging blitzschnell. Die Augen der kleinen Maus blitzten auf, und Jess hätte schwören können, dass sich ihre Farbe veränderte, von einem hellen Blau zu tiefem Schwarz. Das Tierchen entblößte seine Zähne und stieß einen kehligen Laut aus. Dann sprang es hoch und schnappte nach ihrem Finger. Zwei Reihen messerscharfer Zähnchen bohrten sich hinein. Jess schrie auf und wich zurück, während das Tierchen blitzschnell ins Gebüsch zurückwuselte. Ein paar wenige Blutstropfen erblühten im Schnee.

»Hast du das gesehen?«, fragte Jess ungläubig.

»Lass mal sehen.« Owen wollte nach ihrer Hand greifen, doch Jess machte eine abwehrende Bewegung.

»Zu kalt«, erklärte sie ihm.

Er nickte, und gemeinsam begutachteten sie die Bisswunde.

»Du bist innen ganz rot! Wie eklig!«, meinte Owen.

»Warum hat Arnold das getan?«

»Er ist ein wildes Tier. Was hast du erwartet?«

»Nein, da war noch etwas anderes ... Ich weiß nicht. Davor hat sich etwas verändert, in seinen Augen.« Die Wunde hörte bereits auf zu bluten.

»Aha, das ist also deine Ausrede?«

»Wofür?«

»Ich habe dir eine Mutprobe gestellt, weißt du noch?«

»Owen, ich bin gerade von einer Fliegenden Elefantenmaus gebissen worden! Was, wenn sie giftig ist?«

»Unsinn!«

»Bist du schon mal von einer gebissen worden?«

»Ich habe noch nie versucht, eine anzufassen.«

»Ich habe sie doch nur gestreichelt.«

»Du versuchst nur, dich vor der Wette zu drücken.«

Stimmt, das tue ich, dachte sie. Schon bei dem Gedanken an die Brücke bekam sie eine Gänsehaut. »Stell mir eine andere Aufgabe«, sagte sie.

»Au Mann«, stöhnte er. »Sei nicht so langweilig.«

»Dann mach es doch selbst, wenn du so scharf darauf bist.«

»Aber ich habe es zuerst gesagt.«

Jess setzte ihren strengen Blick auf, doch Owen reagierte mit einem ebenso einschüchternden wie selbstgefälligen Grinsen.

Sie wandte sich ab und stolzierte davon. »Was ist?«, rief sie zurück. »Kommst du mit oder nicht?«

Sie standen Seite an Seite am Rand der Schlucht – dieses dunklen, gähnenden Abgrunds, der wie ein hungriges, zu einem gewaltigen Grinsen verzogenes Maul aussah.

»Und?«, fragte Owen.

Jess fühlte sich, als hätte sie ein zusammengerolltes, nasses, dickes Seil im Magen. Ihr Mund schmeckte nach Galle. Ihre Beine fühlten sich wacklig an – die unermessliche Dunkelheit raubte ihr den Atem. Doch eine Mutprobe war eine Mutprobe …

Sie wagte ein paar vorsichtige, erste Schritte auf die Brücke und hörte das Eis unter ihr knacken. Bei jedem Knarzen und Knirschen zuckte sie zusammen. Sie wagte es nicht, sich auf das Geländer zu stützen, das ohnehin nur bis zur Mitte der Brücke reichte.

Je mehr sie sich dem Wald näherte, desto mehr begann der zu zittern. Die Blätter bebten an ihren Ästen, als seien die Bäume über ihr Kommen empört.

»Ich weiß nicht, ob ich es schaffe«, wisperte sie.

»Was hast du gesagt?«, rief Owen, der natürlich am Rand der Brücke stehen geblieben war.

Einen Fuß vor den anderen setzen, Jess. Bis zur anderen Seite, dann hast du die Wette gewonnen und kannst zurücklaufen, so schnell du kannst.

Doch ihre Füße wollten sich nicht weiterbewegen. Ihre Haut kribbelte, als wenn Tausende Insekten auf ihr herumkrabbeln würden. Ihre Schultern waren verspannt. »Ich glaube nicht, dass ich es schaffe«, wiederholte sie, etwas lauter diesmal.

»Aha, dann hast du also verloren.«

»Denk dir eine andere Mutprobe aus.«

»Mir gefällt diese ganz gut.«

»Owen!« Ihre Stimme klang wie ein Peitschenhieb. Gleich im nächsten Moment hörte sie, dass er hinter ihr auf die Brücke kam. Er nahm ihre Hand, und wieder wurde sie von der eigentlich unmöglichen Kälte durchzuckt. Diesmal aber hatte sie etwas Tröstliches, was so beruhigend war wie ein warmes Feuer. Sie ergriff seine dünnen Finger und ließ sich von ihm zurück in den Eisblumengarten führen.

»Du zitterst ja«, sagte er.

Sie nickte beklommen. »Was ist dort drüben?«, fragte sie schließlich. »Was ist in dem Wald?«

»Ich war noch nie dort«, antwortete er und warf einen kurzen Blick hinüber – so kurz, als könne er den Anblick des Waldes nicht lange ertragen.

»Noch gar nie?«

»Nein.«

»Auch nicht am Waldrand?«

»Mein Reich ist der Garten.« Er sagte es in einem Ton, als gäbe es nichts Offensichtlicheres auf der Welt.

»Bist du nicht neugierig, wie es dort aussieht?« Sie konnte es nicht so recht glauben.

Als er den Kopf schüttelte, frischte der Wind auf, und die Bäume sangen, wie als Antwort darauf, ein kurzes Wiegenlied. Pudrige Schneeflocken tanzten durch die Luft, wirbelten um ihre Füße und um die Stämme der Obstbäume.

»Und warum wolltest du *mich* dann hinschicken?«, fragte Jess.

Owen sah auf den Boden. »Ich dachte, du würdest dich sowieso nicht trauen. Es war nur eine Mutprobe.

Wenn du wirklich in diesen Wald gegangen wärst …« Er schauderte am ganzen Leib.

»Du, Owen?«, begann sie. Es war an der Zeit, ihm die Frage zu stellen, die sie nun schon seit Tagen beschäftigte. »Wer hat den Garten angelegt?«

»Wie meinst du das?« Er sah sie verblüfft an.

»Es ist ein *Garten*, keine Wildnis. Jemand muss ihn *angelegt* haben. Und wenn nicht du, dann muss es jemand anders gewesen sein, vor dir.«

Owen schüttelte den Kopf.

»Deine Mutter oder dein Vater?«, hakte sie nach.

»Weder noch!«, antwortete er.

»Aber jemand muss es doch gewesen sein!«

»Nein, niemand«, blaffte er sie an. Das Schweigen beobachtete sie. »Es gibt niemanden«, wiederholte er dann, etwas leiser.

»Owen«, fuhr sie fort, »wie lange bist du schon hier?«

»Ich weiß nicht«, antwortete er nach einer Weile. »Vielleicht schon sehr lange. Oder auch nicht. Bevor du gekommen bist, war die Zeit nicht so wichtig. Ich weiß nur, dass ich hierhergehöre.« Frustriert zuckte er mit den Schultern. »Du denkst, ich sei komisch. Ich weiß es.«

Jess machte einen Schritt auf ihren Freund zu und fuhr dann mit ihren Fingern, die in einem Handschuh steckten, zögernd und ganz behutsam über seine schimmernde, silbrige Haut. Ganz langsam schob sie dann ihren Ärmel zurück, um ihm den Verband an ihrem Handgelenk zu zeigen. Sie wagte kaum zu atmen. Dann wickelte sie den Verband ab und zeigte ihm die blutige Wunde darunter.

»Hast du dich verletzt?«, fragte er.

Sie holte tief Luft. »Hast du ... hast du schon mal von Vampiren gehört?«, fragte sie.

»Ich glaube nicht, dass ich hier welche habe.«

»Vampire sind Wesen, die wie Menschen aussehen, aber keine sind. Statt von Wasser und Essen ernähren sie sich von Blut. Die Menschen haben Angst vor ihnen und halten sie für Monster.«

»Hast du schon mal einen gesehen?«

»Es gibt gar keine, Owen«, erklärte sie. »Aber was an ihnen Angst macht, ist die Tatsache, dass sie nur nachts auftauchen. Die Menschen fürchten alles, was nur im Dunkeln leben kann. Und zu diesen ... Nachtschattengewächsen gehöre auch ich.«

»Was willst du damit sagen?«

»Ich kann nie in die Sonne gehen. Weißt du, dort, wo ich herkomme, gibt es eine Sonne am Himmel. Sie ist ein riesiger Feuerball, dessen Licht mich verbrennen würde. Meine Haut, meine ich. Das bedeutet, dass ich immer im Haus bleiben muss oder mich von Kopf bis Fuß verhüllen muss. Deshalb ...«

Sie schluckte den Kloß in ihrem Hals hinunter und fuhr fort: »Ich bin eine Außenseiterin, anders als alle anderen. Ich sehe anders aus, fühle mich anders. Denn ich *bin* anders.« Die Worte sprudelten nur so aus ihr heraus.

»Ich habe einen Freund, na ja, eine Art Freund. Er liegt im Krankenhaus und kann nicht aufwachen. Ich habe ihm eine meiner Geschichten vorgelesen, und deshalb habe ich das Gefühl, er sei mein Freund. In Wirklichkeit haben wir aber noch nie miteinander gesprochen. Tja, das ist mein Leben. Mein einziger Freund weiß vermutlich gar nicht, dass es mich gibt. So ist das. Ich finde nicht, dass du komisch bist, absolut nicht, denn *wenn* jemand komisch ist, dann ich.«

Äußerlich gelassen streckte sie trotzig das Kinn vor, doch innerlich zerbrach sie gerade in tausend Teilchen, während sie darauf wartete, wie er reagieren würde. Bestimmt würde er lachen oder sie wegschicken.

Doch Owen ging nur in die Hocke und begann, im Eis zu kratzen.

Jess dachte, wahrlich nicht zum ersten Mal, dass sie andere einfach nicht verstehen konnte. Offenbar nicht mal einen Eisjungen. Als sie gerade den Mund öffnete, um etwas zu sagen, richtete Owen sich wieder auf und hielt ihr eine Art silbrige Pflanzenknolle hin.

»Die hast du noch nicht probiert«, sagte er, »aber sie

schmecken wirklich gut. Besser als die Eisäpfel. Man darf nur nicht zu viele von ihnen auf einmal essen.«

Dann lächelte er sie an, und Jess fühlte sich an diesem Ort, der nur aus Eis bestand, wärmer als je zuvor in ihrem Leben.

17

Als Jess in der nächsten Nacht durch die Öffnung kam, saß Owen im Schneidersitz auf einem Felsblock und trommelte mit den Fingern einen wirren Rhythmus aufs Eis. Arnold, die Fliegende Elefantenmaus, huschte schnüffelnd vor ihm über den Boden. Als Jess auftauchte, sprang Owen auf, und das Tierchen lief erschrocken weg.

Owen griff nach etwas Kleinem, das neben ihm auf dem Felsen lag. Noch bevor Jess Hallo sagen konnte, kam Owen zu ihr gelaufen und hielt ihr den kleinen Gegenstand auf der flachen Hand hin.

»Ich hoffe, es gefällt dir«, sagte er verlegen.

Jess drehte das Geschenk hin und her. Es war ein violetter Eiskristall, von der Art, wie Jess sie hier schon öfter gesehen hatte. Doch zu ihrer Verblüffung war er so geformt, dass er wie die Muschel aussah, die ihr Vater ihr geschenkt und die sie Owen neulich gezeigt hatte.

»Habe ich sie richtig hinbekommen?«, fragte er.

Die Muschel war nicht größer als ihr Daumen, doch Owen hatte sie bis ins letzte kleine Detail absolut perfekt nachgeritzt. »Wie hast du das geschafft?«, fragte sie ungläubig.

Eine scharlachrote Welle kräuselte sich durch die Risse seines Körpers, und das Eisgras zu seinen Füßen wogte hin und her. »Hat nur etwas Zeit gekostet.«

Kann ich mir vorstellen, dachte sie. Das Eis selbst war mit nichts in Jess' Welt vergleichbar und von einem unglaublich satten Violett, so wie der Himmel hier. Die Proportionen der Eismuschel waren perfekt, und die Oberfläche wirkte wie meisterhaft poliert.

Jess hob den Kopf und sah Owen an. Er trat nervös von einem Fuß auf den anderen und rang die Hände.

»Gefällt sie dir?« Seine Augen klebten an ihrem Gesicht und warteten gespannt auf eine Reaktion.

»Machst du Witze?!«, antwortete sie. »Natürlich gefällt sie mir! Sie ist wunderschön! Danke!«

Er nickte einmal, entschlossen, und stand endlich still. »Freut mich«, sagte er. »Ich dachte, sie könnte dir helfen.«

»Wie meinst du das?«

»Du solltest sie mit nach Hause nehmen.«

»Ist sie hier nicht besser aufgehoben?«

»Nimm sie mit!«, sagte er. »Ich möchte es so.«

»Aber sie wird schmelzen.«

»Jess, bitte!«

Sie suchte in seinem Gesicht nach einem Hinweis darauf, warum er so großen Wert darauf legte, doch sein ernster Blick ließ sie schließlich nachgeben. »Na schön«, sagte sie. »Ich ... ich könnte sie ja in den Gefrierschrank legen.«

Er nickte. »Gut, tu das.«

»Gibt es etwas, was du mir verschweigst?«

»Nein, nichts. Ich meine, vielleicht nichts. Nimm sie einfach mit, bitte!«

Als Jess im strömenden Regen nach Hause lief, sah sie die Welt wie ein verschwommenes Bild. Ihre Füße hämmerten auf den Asphalt, bis sie völlig verschwitzt war und Blut im Mund schmeckte. Erst an der Haustür blieb sie stehen und holte ein paarmal tief Luft, bis ihr Atem wieder etwas normaler ging.

Auf den Zehenspitzen tapste sie in die Küche und holte die Eismuschel aus ihrer Tasche. Die Oberfläche begann bereits zu schmelzen; einige der zierlichen Details verschwammen schon und lösten sich auf. Jess wickelte ihr Geschenk in etwas Alufolie und versteckte es in einer Ecke des Gefrierschranks, unter einem Beutel Tiefkühlerbsen, die offenbar nie gegessen wurden.

In dieser Nacht hatte sie seltsame Träume – Träume,

die sich so real anfühlten, als sei sie wach. Sie stand in einer eisigen Höhle. Das Eis war genauso dunkelviolett wie die geschnitzte Muschel in ihrer Hand. Sie hatte Angst, denn sie wusste, dass die Sonne unbarmherzig auf die Höhle brannte und sie schmelzen ließ. Jess sah, dass das Höhlendach über ihr immer dünner und dünner wurde. Messerscharfe Eiszapfen brachen ab und fielen klirrend auf den Boden. Die Sonne verrichtete ihr grausames Werk und brannte ein Loch in das Höhlendach, bis sich ein Sonnenstrahl schließlich in die Höhlenkammer stahl.

Jess konnte sich nirgends verstecken, keine Jalousien herunterlassen. Sie war völlig ungeschützt. Tapfer wappnete sie sich für den brennenden Schmerz, der unweigerlich kommen würde, wie sie wusste – doch nichts geschah. Nichts. Nichts, vor dem sie sich fürchten müsste. Die Sonne war sanft und gnädig, und ihre Haut genoss die Wärme. Jess sah sich verwundert um.

»Ich fürchte, Doktor Stannard hat etwas Verspätung«, sagte die Krankenschwester.

Jess sah, wie ihre Mutter sich irritiert auf die Lippe biss. »Wissen Sie, wie viel er später kommt?«, fragte sie.

»Nur etwa eine halbe Stunde«, antwortete die Frau und war klug genug, diesen Moment zu nutzen, um in einem Hinterzimmer zu verschwinden.

»*Nur* etwa eine halbe Stunde«, wiederholte ihre Mutter. »*Nur*, hat sie gesagt.«

»Ich habe doch gesagt, dass wir nicht kommen sollten.«

»Wir mussten.«

»Schon gut.«

»Der Doktor wollte dich noch mal sehen.«

»Den Verband hätten wir auch zu Hause wechseln können.«

»Wenn du nicht so unvorsichtig gewesen wärst ...«

»Es war ein Missgeschick. Ist dir etwa noch nie eins passiert?«

»Nicht so vorlaut, Jess!«

Ein Mann auf der anderen Seite des Wartezimmers hob den Kopf und sah sie an. Jess und ihre Mutter bedachten ihn mit dem strengen Blick, ohne zu merken, dass er den auch hatte.

»Wenn wir eine halbe Stunde Zeit haben ...«, begann Jess.

»Na schön, lauf«, antwortete ihre Mutter und wedelte mit einer Hand. »Aber nur in voller Montur.«

Jess ging schnurstracks zu Davys Zimmer und schob sich durch die Tür. Hier sah alles noch gleich aus, und Jess dachte unwillkürlich an eine Zeitkapsel, in der für zukünftige Zeiten alles so konserviert wird, wie es ist. Davys Brust hob und senkte sich, und falls es doch einen Unterschied gab, dann den, dass er noch blasser aussah als beim letzten Mal. Fast so blass wie Jess.

Sie zog ihre Handschuhe aus und nahm einen Stift und einen Block aus ihrer Manteltasche. »Tut mir echt leid, Davy«, sagte sie. »Ich hatte keine Zeit, eine neue Geschichte zu schreiben. Aber weißt du was? Ich schreibe jetzt eine.«

Sie begann: *Die Kapsel war die größte aller menschlichen Erfindungen, denn sie konnte einen Menschen zweihundert Jahre lang konservieren, genau die Zeit, die es brauchte, um durch den Weltraum zur menschlichen Kolonie auf der Neuen Erde zu reisen.*

Jess hielt inne und legte den Kopf schief. Dann strich sie die Wörter *der Neuen Erde* aus und ersetzte sie durch *Avalon*.

»Ich hatte keine Zeit, um etwas Neues zu schreiben«, erklärte sie. »Eigentlich hätte ich erst nächste Woche wiederkommen sollen, doch da ist diese blöde Sache mit meinem Handgelenk, und der Doktor meinte, es könne schlimmer werden. Magst du Weltraumgeschichten? Ist nicht das, was ich normalerweise schreibe. Aber das ist vielleicht gar nicht schlecht. Wenn man sich zu sehr an das klammert, was man ›normalerweise‹ tut, findet man nie heraus, worin man wirklich super ist. Einmal habe ich zum Beispiel eine Geschichte über ein Mädchen geschrieben, das im Amazonasgebiet lebte, mitten im Regenwald, in einem Stamm, der nichts von der modernen Welt wusste. Und dieses Mädchen hätte das Talent gehabt, die größte E-Gitarrenspielerin der Welt zu werden, die unser Planet je gesehen hat. Doch weil sie nun mal die war, die sie war, und dort lebte, wo sie lebte, kannte sie weder Elektrizität noch Gitarren, und deshalb lag dieses Talent in ihr brach, und sie hat auch nie erfahren, dass sie es besaß. Es war, ehrlich gesagt, eine recht traurige Geschichte. Magst du Weltraumgeschichten? Vielleicht versuche ich es ja und schreibe diese hier für dich fertig. Falls sie gut wird, bringe ich sie nächstes Mal mit.«

Jess ertappte sich dabei, dass sie an ihrem Verband kratzte. Ihre Mutter und die Ärzte hatten natürlich recht. Die vielen Bläschen nässten und waren entzündet. Die Stelle musste fachmännisch gesäubert und neu verbunden werden. Außerdem juckte sie wie verrückt. Moment mal – *hatte* gejuckt. Denn genau da stellte Jess fest, dass das Jucken aufgehört hatte. Spürte sie überhaupt noch etwas? Ihr Handgelenk fühlte sich ganz normal an. Das war komisch. Sie schob den Verband etwas zur Seite und spähte darunter.

Das kann nicht sein, dachte sie. Das kann absolut nicht sein … Ihre Haut war vollkommen glatt. Die rote, offene Wunde, die am Vorabend noch da gewesen war, war verschwunden und hatte nur ein paar dunkle Fleckchen hinterlassen.

Das kann nicht sein, dachte Jess. Gestern war sie doch noch da. Hat weh getan. Als ich eingeschlafen bin, hat sie noch weh getan. Sie kann doch nicht über Nacht verschwunden sein ...

Doch sie konnte hinschauen, solange sie wollte – es gab keinen Zweifel. Die entzündete Stelle, die Wunde, war einfach verschwunden.

Jetzt, wo sie darüber nachdachte, merkte sie, dass sie sich überhaupt ganz anders fühlte. Es war aber nicht ein Gefühl, sondern vielmehr das Fehlen eines Gefühls – das Fehlen von etwas, das für sie normal und natürlich gewesen war. Es war ihre Haut, dachte sie. Ihre Haut fühlte sich anders an.

Da erinnerte sie sich an ihren Traum. Das ist unmöglich, sagte sie sich, doch sie ging zum Fenster und berührte die Lamellen der Jalousie. Das Blut pulsierte laut in ihren Ohren. Sie holte tief Luft, schob ihre Finger durch die Lamellen und drückte sie ans Fenster. Augenblicklich spürte sie die Wärme der Sonne und wappnete sich innerlich für das qualvolle Brennen, das unweigerlich kommen müsste. Doch da war nichts. Ihre Haut kribbelte leicht, doch sonst geschah nichts. Nichts.

Mit einem Kloß im Hals griff sie nach der Schnur und zog die Jalousie hoch.

»Remission?«, fragte ihre Mutter.

»Das können wir nicht sagen«, antwortete Doktor Stannard.

»Aber so heißt es doch, oder? Wenn ein Patient urplötzlich geheilt ist. Wie sollte man es sonst nennen?«

»Ich fürchte, dass wir in diesem Stadium noch nichts Genaues wissen.«

»Ich habe mich nicht verbrannt«, sagte Jess. »Ich stand in Davys Zimmer am Fenster, direkt in der Sonne, und nichts ist passiert.«

»Das habe ich begriffen, aber –«

»Normalerweise verbrenne ich mich schon beim kleinsten Sonnenstrahl. Die Wunde am Handgelenk habe ich bekommen, nur weil ich kurz in der Sonne gestanden habe, maximal drei Minuten, und Sie haben ja gesehen, wie die Stelle hinterher aussah.«

»Genau so, wie es bei jemandem mit deiner Krankheit zu erwarten war.«

»Was ist also passiert?« Fragend blickte Jess vom Arzt zu ihrer Mutter.

»Das ist nicht möglich«, sagte ihre Mutter. »Ich habe gefragt. Meinst du nicht, dass ich jedes Mal gefragt habe, andauernd? Wir waren schon bei so vielen Ärzten, und jeder von ihnen sagte, dass ... dass Jess' Krankheit unheilbar ist. Sie selbst haben es auch gesagt, Doktor. Das haben Sie doch gesagt?«

Sie klingt so bestürzt, dachte Jess und war darüber nicht minder bestürzt. Sie klingt fast enttäuscht.

»Ich habe nicht ... ich meine, mir ist kein anderer Fall bekannt, in dem eine Krankheit wie die von Jess spontan ...« Der Arzt sah riesig aus und war um Worte verlegen. »Ich kenne keinen solchen Fall«, wiederholte er.

»Außer meinen jetzt«, sagte Jess. »Oder?«

»Wir haben hier nicht die geeigneten technischen Geräte. Wir müssen dich in ein größeres Krankenhaus schicken, um eine Zweitmeinung einzuholen und weitere Tests zu machen ...« Jetzt kam er wieder in Fahrt. »Ja, das ist es. Wir werden weitere Tests machen. Wir werden die besten Leute an den Fall dransetzen, unter meiner Aufsicht natürlich, und wir beginnen damit, dass wir Ursachen ausschließen. Keine Angst, Jess, wir werden der Sache auf den Grund kommen.«

Er redet ja gerade, als sei es etwas Schlimmes, dachte sie. Als wäre mein jetziger Zustand so schlimm wie die Krankheit selbst.

»Wie kann so etwas passieren, Doktor?«, fragte ihre Mutter.

Er fuhr sich mit einer Hand durch sein lichter werdendes Haar. »Ich ... das kann ich nicht sagen. Ich würde vorschlagen, Sie kommen morgen wieder, damit wir Jess genauer untersuchen können.«

»Wird es so bleiben?«, fragte Jess. Bitte. Bitte sag ja.

Bitte lass, dass es so bleibt.
Bitte lass, dass es wahr ist.

Owen war nirgends zu sehen. Typisch, dachte sie. Da komme ich mit der aufregendsten Neuigkeit meines Lebens an, und er versteckt sich. Sie ging den Hauptweg hinauf und rief seinen Namen. Doch es kam keine Reaktion.

Schließlich fand sie ihn doch, unter dem Alten Mann, wo er in die Äste hinaufschaute. »Ich habe überall nach dir gesucht. Okay, vielleicht nicht überall, aber doch an etlichen Stellen. Owen, Owen! Owen, es gibt eine aufregende Neuigkeit. Hast du mich gehört? Ich muss dir etwas Wichtiges erzählen. Owen?«

Als er sich nicht rührte, beschlich sie ein ungutes Gefühl.

»Owen?«, wiederholte sie leise, als sie bei ihm angekommen war. Und als er sie endlich anschaute, sah sie die nackte Verzweiflung in seinem Gesicht.

18

Einer der Lieblingssprüche ihrer Mutter lautete: »Es ist nicht das Ende der Welt.« Das sagte sie zum Beispiel, wenn Jess hinfiel und sich den Kopf anschlug. »Es ist nicht das Ende der Welt« war immer ein beruhigender, geflüsterter Trost in ihren Ohren. Doch wenn sie schmollte, weil sie beispielsweise zu zusätzlichen Matheaufgaben gezwungen wurde, bedeutete der Spruch eindeutig: »Stell dich nicht so an und tu, was ich dir sage.« Jetzt aber bedeutete er buchstäblich das Ende der Welt, und ihre Mutter wusste nichts davon.

Owen hob seinen Arm und deutete mit einem zitterigen Finger auf etwas.

Sie sah es nicht gleich und wollte schon fragen, was er ihr zeigen wolle, als sie es auf einmal wie ein Blitz traf: Wassertropfen fielen in einem beständigen Rhythmus von den Blättern der Äste über ihnen.

Sie begriff.

Wasser. Flüssiges Eis.

Der Baum war am Schmelzen.

Und wenn der Baum schmolz, dann bedeutete es das Ende von Owens Welt.

Wenn man nicht genau hinschaute, merkte man nicht, dass sich der Garten verändert hatte. Noch immer glitzerten Blumen, die Luft war schneidend kalt auf Jess' Zunge, und das Gras knirschte noch immer unter ihren Füßen. Doch bei genauerem Hinsehen fand man überall Anzeichen des Schmelzprozesses. Ein dünnes Rinnsal tröpfelte am Stamm eines Obstbaums hinunter, in einem Blumenbeet hatte sich eine kleine Pfütze gebildet, auf einem Kieselstein glänzte es feucht. Man entdeckte sogar fließendes Wasser. Es war nicht viel, kaum mehr als eine Handbreit, doch es schlängelte sich in einem resoluten, nicht enden wollenden Strom die »Gleitfläche« hinunter.

Jess und Owen sahen sich eine geraume Weile um, als wenn sie dadurch diese Anzeichen per Willenskraft zum Verschwinden bringen könnten.

»Was können wir tun?«, fragte Jess schließlich.

»Wir können nichts tun«, erwiderte Owen nüchtern.

»Dann warten wir also nur ab?«

»Vielleicht hört es ja irgendwann wieder auf.«

»Oder es wird schlimmer. Vielleicht wird aus dem

Rinnsal bald ein Fluss. Vielleicht schmilzt alles dahin. Jedes einzelne Ding. Sogar ...« Sie verstummte.

»Sogar ich«, führte Owen ihren Satz zu Ende.

»Das ist *unmöglich*.«

»Doch.«

»Owen –«

»Es ist *nicht* unmöglich, Jess. Es hat ja schon angefangen, oder? Folglich ist es nicht unmöglich.«

»Warum bist du so ruhig?«

»Wie sollte ich deiner Meinung nach sein?«

»Es muss doch etwas geben, das wir tun können.«

»Nein, gibt es nicht.« Owen ließ seine Hand an einer Hecke streifen, und ganze Wolken winziger Eiskristalle wirbelten auf und tanzten wie Staubpartikel in einem Sonnenstrahl durch die Luft.

»Das darfst du nicht sagen«, meinte Jess.

»Was?«

»Dass wir nichts dagegen tun können und fertig.«

»Nimm meine Hand. Siehst du? Eis. Ich weiß, was das bedeutet. Ich habe dir schon gesagt, dass der Garten mein Heim ist. Ich weiß, wie ernst die Lage ist. Und trotzdem können wir nichts tun.«

»Damit gebe ich mich nicht zufrieden«, fauchte sie.

Owen schüttelte den Kopf. »Was würde passieren, wenn du von einer Klippe fällst?«

»Wie meinst du das?«

»Wenn du stolperst und in die Tiefe fällst, was würdest du tun?«

Jess sah ihn nur mit großen Augen an.

»Du könntest nichts tun«, fuhr er gelassen fort. »Du würdest einfach nur fallen. Und in den wenigen Sekunden würdest du wissen, dass es gleich zu Ende ist, aber du könntest *nichts* dagegen tun. Mit den Armen rudern, rufen, schreien – es würde nichts ändern. Und so ist es auch hier. Mit dem Unterschied, dass *ich* langsam falle.«

Jess wurde stocksauer auf ihren Freund. Begriff er denn nicht, wie ernst die Lage war? »Wir müssen nachdenken«, sagte sie.

»Jess …«

»Warum passiert es? Das ist die Frage. Warum gerade jetzt? Was hat sich verändert? Was ist der Grund, dass es angefangen hat?«

»Jess, hör auf damit!« Sein Gesicht war vor Frustration verzerrt, und der Schnee peitschte um seine Knöchel.

»Wenn wir den Grund herausfinden, können wir es vielleicht aufhalten«, fuhr Jess unverdrossen fort.

»Jess!« Owen legte die Stirn in Falten und drückte sich an die Schläfen, als müsste er irgendeinen Schmerz aus seinem Kopf pressen. »Es gibt nichts. Es hat keinen Zweck.«

»Du gibst nicht so schnell auf, Owen. Das lasse ich nicht zu.«

»Mir tut der Kopf weh.«

»Deine Welt geht unter, und du jammerst über Kopfschmerzen?!«

»Lass mich allein!«, rief er. Erschrocken machte Jess einen Schritt rückwärts. Owen schüttelte seinen Kopf hin und her und stöhnte leise. Seine blauen Augen sahen jetzt fast grau aus. »Nein, nein, nein …«, lallte er. »Nicht das, nicht das …«

»Owen?«

Er konzentrierte sich kurz auf sie und sagte: »Geh! Geh und komm nicht wieder. Geh! Bitte, Jess! Bitte!« Er krümmte sich vor Schmerzen nach vorn, und sein zierlicher Körper zuckte und zitterte.

Sie machte ein paar Schritte auf ihn zu und beugte sich zu ihm hinunter, um sein Gesicht zu sehen.

Es war, als seien im blauen Himmel seiner Augen dunkle Wolken aufgezogen. Ohne Vorwarnung schrie er plötzlich los. Es war ein ohrenbetäubender Schrei – das Heulen eines Wintersturms. Und ganz plötzlich fand sich Jess in einem tobenden Schneesturm wieder. Alles um sie herum wurde weiß, und sie musste sich an einem dicken Ast festhalten, um nicht umgeweht zu werden. Ein messerscharfer Wind peitschte ihr ins Gesicht. Das Getöse war ohrenbetäubend und die Kälte unerträglich, doch am schlimmsten war, dass sie die Wucht von Owens Zorn spüren konnte, dessen Angst und Schmerzen durch die Luft wirbelten.

Und dann war es plötzlich vorbei. Ihre Ohren klangen. Ihr Gesicht war mit Reif überzogen. Owen war nicht mehr zu sehen, sie sah nur leichte Fußspuren im Schnee, die zeigten, wo er sich umgedreht hatte und weggelaufen war.

»Owen!«, rief sie. »Warte!« Blitzschnell schnallte sie sich ihren Rucksack um und lief seinen Spuren nach.

Sie rannte den Weg hinauf und ruderte keuchend mit den Armen, doch sie wusste ganz genau, dass sie Owen nicht einholen konnte, wenn er es darauf anlegte.

Doch sie lief weiter und weiter, bis in den Obstgarten. Dort stolperte sie über eine Baumwurzel und landete bäuchlings auf dem Boden. Eine Fliegende Elefantenmaus, die sich unter dem Blatt versteckt hatte, starrte sie an.

Jess sprang wieder auf, lief bis zum freien Feld und entdeckte Fußspuren, die eindeutig über die Brücke führten.

Nicht in den Wald, Owen; überall hin, aber nicht dorthin.

Sie konnte trotzdem nicht stehen bleiben. Sie konnte ihren Freund nicht im Stich lassen.

Jessica, nein!, hörte sie die Stimme ihrer Mutter in ihrem Kopf, doch sie ignorierte sie und lief auf die Brücke, wobei sie kaum langsamer wurde. Das Eis war glitschig, und links und rechts gähnte der Abgrund. Sie hatte das Gefühl, als würde sie auf der Zunge eines riesigen Biests jonglieren, und konnte fast das Knurren seines hungrigen Magens unter ihr hören, seinen kalten Atem um sich herum spüren.

Erleichtert sprang sie am anderen Ende ans Ufer und blieb dann endlich stehen. Von der Brücke aus führte ein schmaler Pfad direkt in den Wald. Ein Pfad.

»Owen!«, rief sie und hörte ihre Stimme zwischen den Bäumen widerhallen und mit jeder Wiederholung schwächer werden. Nur ein gelegentliches Rascheln im Unterholz brach hin und wieder die Stille. Was ist hier im Wald? Was erwartet mich dort?

»Owen!«, rief sie erneut. Wie hatte es so weit kommen können? Wie hatte sich der Tag, an dem ihr sehnlichster Wunsch in Erfüllung gegangen war – geheilt zu sein – in diesen grässlichen Albtraum verwandeln können?

»Owen!«, schrie sie und legte jeden Tropfen ihrer Energie in diesen Namen, bis ihre Stimme kippte und in ein Schluchzen umschlug, das sie hinunterwürgen musste.

Nichts. Absolut nichts.

Plötzlich wurde sie von einem lauten Piepen erschreckt. Ihre Uhr. Es klang so künstlich hier. Schnell schaltete sie den Alarm aus und kniff resigniert die Augen zu. Es war Zeit zu gehen. Aber konnte sie das wirklich tun? Wie konnte sie ihn an diesem schrecklichen Ort allein lassen?

Er wird sich bestimmt wieder beruhigen, dachte sie.

Morgen komme ich wieder, dann sitzt er im Garten, und wir überlegen gemeinsam, was wir tun müssen, um die Sache wieder in Ordnung zu bringen. Und wenn nicht ... Sie konnte diesen Gedanken nicht zu Ende denken. Die Frage »Und wenn nicht?« musste bis morgen warten.

Lautlos schlüpfte Jess durch die Haustür. Doch schon nach zwei Schritten wurde ihr klar, dass etwas nicht stimmte. Sämtliche Lichter brannten. Es dauerte eine weitere Sekunde, bis sie begriff, was das bedeutete, und ihr Herz rutschte in ihre Kniekehlen. Sie wandte sich von der Treppe ab und zum Wohnzimmer, als auch schon ihre Mutter unter der Tür auftauchte, mit geröteten Augen, einem verquollenen Gesicht und einer Haut, so blass wie ein Blatt Papier. Neben ihr stand eine Fremde – eine Polizistin.

19

Die erste Reaktion ihrer Mutter waren Erleichterung und eine so feste Umarmung, dass Jess dachte, ihre Mutter würde sie nie mehr loslassen. Sie roch den Duft verwelkter Blumen des alten Shampoos im Haar ihrer Mutter und spürte die Wärme ihres Körpers.

Dann kam eine Wut, so heiß, dass sie beinahe die Wände versengte.

»Was hast du dir dabei gedacht!?«

Jess hütete sich, darauf zu antworten.

»Wie konntest du einfach verschwinden, mitten in der Nacht?«

Was hätte Jess da sagen sollen?

»Ich bin in dein Zimmer gegangen und wollte nach dir sehen, Jess. Hörst du mir überhaupt zu? Ich sagte, ich wollte nach dir sehen! Kannst du dir vorstellen, was für einen Schreck ich bekommen habe, als ich sah, dass du fort warst! Ich hatte keine Ahnung ... nicht die leiseste Ahnung, wo du sein könntest!« Ihre Stimme hallte durch den Raum. »Ich dachte, du seiest entführt worden. Hast du gehört?«

Jess wurde übel, es war eine neue Art Übelkeit, die sich in ihrem ganzen Körper ausbreitete. Sie konnte sich nicht erinnern, dass sie sich jemals so elend gefühlt hatte. Dieses Gefühl konnte nicht in eine hübsche kleine Schachtel gepackt und mit einem Wort wie »Schuldgefühle« etikettiert werden. Schuldgefühle hatte man, wenn man das letzte Kuchenstück stibitzt hatte, als die Mutter nicht hinsah. Schuldgefühle waren etwas, das wie eine plötzliche Windböe kam und ging und durchaus auch Schutt und Trümmer hinterließ, aber bald wieder vergessen war. Das hier war etwas anderes – irgendwie tiefgehender. Es war der Wunsch, die Dinge, die sie getan hatte, ungeschehen zu machen. Der Wunsch, die Zeit zurückdrehen zu können, um ihrer Mutter diese schlimmen Ängste zu ersparen. Damit ihre Mutter sie nicht so vorwurfsvoll ansehen musste, wie sie es im Moment tat.

Sie fand einen Namen für dieses Gefühl: Reue.

»Ich bete zu Gott, dass du nie durchmachen musst, was ich heute Nacht durchgemacht habe, Jessica. Nicht mal ansatzweise! Wenn dir etwas passiert wäre ...« Ihre Mutter rieb sich die Haut unter den Augen. »Nach allem, was ich für dich getan habe! Und du marschierst mitten in der Nacht einfach los! Was hätte nicht alles passieren können! Was, wenn man dich am nächsten Morgen gefunden hätte und ...« Sie seufzte so tief, dass es fast wie ein Stöhnen klang, als wenn der letzte Teil des Satzes zu schrecklich wäre, um ihn überhaupt auszusprechen, als wäre schon der Gedanke daran unerträglich.

Was für eine Tochter mutet ihrer Mutter das zu?, fragte sich Jess. Zu was für einem Menschen macht mich das? Doch noch während sie das dachte, war ihr klar, dass sie es ihrer Mutter bald schon erneut zumuten würde. Denn Owen war in Gefahr, und seine Welt ging unter. Sie konnte es nicht zulassen und musste zu ihm halten. Sie würde auf jeden Fall wieder in den Eisblumengarten gehen. Irgendwie musste sie eine Möglichkeit finden.

Die Polizistin ließ sie allein. Schweigend saßen sie sich am Küchentisch gegenüber. Aller Ärger war verflogen. Eine schwere Decke von Traurigkeit hatte sich über das Haus gelegt und die Flammen der Wut gelöscht.

Sag etwas, dachte Jess. Damit ich mich nicht mehr so schlecht fühle. Doch ihr war klar, dass Worte allein diese verfahrene Situation nicht heilen würden. Nur die Zeit konnte es.

Ihre Mutter machte sich eine Tasse Tee. Eine der Lamellen einer Jalousie hatte sich aus ihren Führungsschienen gelöst, und das erste zarte Morgenlicht kroch herein.

Aus reiner Gewohnheit stand Jess auf und schob sie wieder an ihren Platz. Erst als sie damit fertig war, wurde ihr klar, dass es vermutlich gar nicht nötig gewesen wäre. Bei diesem Gedanken begann ihre Haut zu prickeln. Konnte es wirklich wahr sein?

»Wenn ich jetzt draußen bin, ohne meine Montur«, begann Jess. Wie soll ich es ausdrücken? »... fühlt es sich anders an. Es fühlt sich an wie ... wie etwas, das ich brauche.« Rede weiter, das bist du ihr schuldig. Sie muss es begreifen, zumindest teilweise. »Ich mache nichts Besonderes«, schwindelte sie. »Ich laufe einfach ein bisschen herum und stelle mir vor, wie es tagsüber dort aussieht. Es gibt einen Spielplatz im Weston Park. Dort habe ich mich auf die Schaukel gesetzt und ...«

»Was?! Du warst in diesem Park? So weit?«

»Es kommt mir so vor, als ... als hätte ich meinen Käfig verlassen. Wie ein Tier, das für ein paar Minuten Freiheit schnuppert.«

Ihrer Mutter stiegen Tränen in die Augen. »Ich habe nie gewollt, dass du dich so fühlst.«

»Es ist nicht deine Schuld.«

»Ich habe es versucht, Jess. Ich habe versucht, dir alles so leicht zu machen wie nur möglich.«

»Ich weiß.«

»Ich habe mich so sehr bemüht.«

»Es ist ja nicht deine Schuld.«

»Wie lange? Ich meine, wie viele Nächte warst du schon unterwegs?«

»Erst diese Woche.«

»Und ich hatte keine Ahnung ...«

»Wie auch?«

»Ich bin deine Mutter. Ich hätte es merken müssen, dass etwas anders war. Ich hätte es spüren müssen, oder?«

»Du hast nichts falsch gemacht. Es lag an mir.«

»Warum heute Nacht, mein Spatz?«, fragte ihre Mutter.

»Wie meinst du das?«

»Es könnte alles zu Ende sein. Du könntest ...«

Jess kannte das Ende dieses Satzes. Vielleicht ging es ihr ja tatsächlich *besser*, warum also war sie dann das Risiko eingegangen, sich erneut aus dem Haus zu schleichen?

»Du hast gehört, was Doktor Stannard gesagt hat. Weitere Tests. Noch mehr Ärzte. Noch mehr Leute, die mir sagen, was ich kann und nicht kann.«

Erst als Jess es aussprach, merkte sie, dass es stimmte. Sie wollte natürlich geheilt sein, aber sie fürchtete sich auch vor dem, was das bedeutete. Sie war froh, dass sie zu ihrer Mutter ehrlich sein konnte, obschon sie den Eisblumengarten natürlich verschwieg.

»Willst du nicht wissen, was mit dir passiert ist? Warum du plötzlich geheilt bist?«

»Doch, natürlich. Aber es ist ...« Sie verstummte.

»Ich verstehe, meine Kleine.«

Da war es, unausgesprochen. Jess fürchtete sich vor den Tests, die an diesem Tag gemacht werden sollten. Aber ihre Mutter würde dafür sorgen, dass sie hinging, genau wie die Ärzte befohlen hatten. So gehörte es sich. Typisch Erwachsene. Man durfte ein Wunder nicht einfach hinnehmen und sich darüber freuen.

»Jetzt nützt es wohl nichts mehr, noch ins Bett zu gehen, würde ich sagen. Ich mach schon mal Frühstück.«

»Es tut mir leid, Mum«, stammelte Jess. Und es tut mir auch leid, dass ich es bald wieder tun werde, dachte sie.

Das Krankenhaus hatte darauf bestanden, dass sie auf jeden Fall in voller Montur kam. Bis sie wissen würden, was genau mit ihr los war, sollte Jess besser kein Risiko eingehen.

Die Nadel pikste, als sie in ihren Arm eindrang, doch Jess schaute nicht weg. Sie beobachtete genau, wie ihr Blut Röhrchen um Röhrchen füllte. Anschließend gab es weitere Tests: Sie schabten in ihrem Mund herum und strahlten ihre Haut mit diversen Lampen an.

»Sie macht es gut, Mummy«, sagte Doktor Stannard. »Macht sie es nicht gut?«

Ihre Mutter lächelte müde. Auf dem Weg hierher hatten sie nicht geredet. Es gab zu viel zu sagen und doch im Grunde nichts.

Krankenschwestern kamen und gingen. Die Minuten schwollen zu Stunden an. Ein anderer Arzt kam an und stellte Jess jede Menge Fragen. Er hatte eine sehr tiefe Stimme und buschige Augenbrauen, die wie zwei Wellen von seinem Gesicht wegrollen wollten.

Doktor Stannard saß derweil in der Ecke und sah komischerweise viel kleiner aus als sonst. Jess begann im Kopf eine Geschichte zu schreiben, über einen Riesen, der eines Morgens aufwacht und feststellt, dass er plötzlich ganz normal groß ist, genau wie er es sich immer gewünscht hat. Doch statt ihm seine Freude zu lassen, sperren ihn seine Mitmenschen in einen Käfig und machen alle möglichen Tests mit ihm, nur um herauszufinden, was mit ihm passiert ist.

Doch die meiste Zeit dachte sie an Owen. Während die anderen redeten, sie piksten und an ihr herumstocherten, war sie in Gedanken bei ihrem Freund. War er inzwischen in seinem Garten zurück, oder rannte er immer noch tiefer und tiefer in den Wald?

Ihre Mutter bekam ein Blatt Papier überreicht. Jess beugte sich zu ihr, um mitlesen zu können. Es war ein Terminplan. Die nächsten paar Wochen ihres Lebens waren in einer Reihe von Kästchen und Stichworten vorgezeichnet. Wie können sie von mir erwarten, dass ich all das mache? Wie können sie denken, es sei okay? Aber es war offenbar der Preis dafür, dass es ihr besserging: Sie wollten sie nicht in Ruhe lassen, bis sie ihr die ganze Freude verdorben hatten.

»Kann ich ins Freie gehen?«

»Nein, vorläufig nicht, Jess. Erst wenn wir sicher sein können, dass nicht doch noch etwas Schlimmes passiert, mit dem wir nicht rechnen.«

»Mum?«

»Hör auf den Doktor.«

»Aber –«

»Ich sagte: Hör auf den Doktor.«

»Es geht mir besser, und jetzt darf ich es nicht genießen? Ich muss mich trotzdem noch verstecken, als wäre ich ein *Ding*?«

Etwas huschte über das Gesicht ihrer Mutter, als wenn sie einem Schlag ausweichen wollte. »Jess –«, begann sie, doch weiter kam sie nicht.

»Es geht mir besser. Ich bin geheilt!«, fauchte Jess. »Aber ich bin noch immer nicht normal, richtig? Für dich werde ich nie normal sein.«

Sie sprang so wütend auf, dass ihr Stuhl nach hinten fiel und in die Stille des Raums polterte. Ohne ein weiteres Wort drehte sich Jess um und lief hinaus. Doch kaum war sie draußen auf dem Gang, wurde sie von einer Woge von Gewissensbissen überspült. Du machst es nur schlimmer, dachte sie. Warum blaffte sie ihre Mutter an, für etwas, wofür diese nichts konnte? Aber warum bot sie Doktor Stannard nicht endlich mal die Stirn? Warum stellte sie sich nie auf Jess' Seite, nicht einmal dieses eine Mal?

Dass sie ins Leere starrte, merkte sie erst, als hinter ihr laute Rufe ertönten. Sie musste sich an die Wand drücken, um nicht überrannt zu werden von einem Haufen Ärzte und Krankenschwestern, die mit hohem Tempo durch den Flur eilten. Sie sah sie alle hinter einer Tür verschwinden. Und plötzlich wurde ihr eiskalt.

Es war Davys Zimmer!

Sie war so in Gedanken vertieft gewesen, an Owen und den Streit mit ihrer Mutter, dass sie den schlafenden Jungen fast vergessen hätte. Doch jetzt loderte ihre Angst um ihn wieder auf, und sie lief zu seiner Tür.

Etliche Personen standen um sein Bett herum. Sie riefen Befehle und waren sehr geschäftig, doch Jess kam es wie ein schreckliches, verzweifeltes Chaos vor. Ab und zu konnte sie einen kurzen Blick auf Davy erhaschen und war entsetzt, wie bleich und zerbrechlich er aussah. Die Maschine neben seinem Bett gab einen gleichbleibenden, hohen Piepton von sich.

Sie schob sich ins Zimmer und stellte sich in eine Ecke. Niemand bemerkte sie. Ihr Körper fühlte sich an, als sei das Innere nach außen gekehrt worden. Jeder ihrer Muskeln war angespannt, und in ihrem Kopf schrie es: Bitte lass ihn okay sein, bitte lass ihn okay sein. Und auf einen Schlag fielen ihr Dutzende von Geschichten ein, die sie für ihn schreiben könnte. Geschichten von Flaschengeistern, die im Wüstensand aus Felsbrocken geboren werden. Geschichten von einem Kind, das sich in eine Krähe verwandeln konnte. Von einem Haus, das seine Bewohner auffraß, von einem Mädchen, das einen magischen Garten entdeckte, der vollständig aus Eis bestand. Sie würde alles geben, jedes Quäntchen ihrer Seele, jeden Tropfen ihrer Energie, jeden letzten Funken an Gedanken und Freundlichkeit, den sie in sich hatte, wenn er nur wieder gesund werden würde. Er musste aufwachen, unbedingt. Er musste die Geschichten doch hören, die sie für ihn schreiben würde.

Bitte lass ihn okay sein, bitte lass ihn okay sein. Bitte lass ihn okay sein, bitte lass ihn okay sein.

Da legte sich eine Hand auf ihre Schulter. Sie zuckte zusammen, als würde sie aus einem Albtraum erwachen. Das Zimmer hatte sich etwas geleert. Einige Leute standen noch um das Bett herum, doch sie bewegten sich ohne die Hektik von vorhin.

Biep, biep, biep, machte die Maschine.

»Was machst du hier, Jess?« Es war Davys Mutter. »Alles in Ordnung?«

»Ich habe sie gesehen ... ich habe gesehen, wie alle in dieses Zimmer gestürzt sind.«

»Ich weiß.«

»Wie ... wie geht es Davy?«

Die Frau zitterte. Sie sah so bekümmert aus, dass Jess es kaum aushielt. Es war derselbe Gesichtsausdruck, den sie an diesem Morgen bei ihrer Mutter gesehen hatte.

»Wird er wieder gesund werden?«, fragte sie.

»Gestern ist es zum ersten Mal passiert. Tagelang hat sich gar nichts getan – keinerlei Veränderung. Weder besser noch schlechter. Doch dann, gestern, wie aus dem Nichts, sind plötzlich all seine Werte nach unten gesaust. Und heute wieder. Die Ärzte wissen nicht, wieso es so plötzlich dazu gekommen ist. Sie sagen, sie tun ihr Bestes, aber ...«

Davys Mutter schwieg so lange, dass Jess schon dachte, sie würde nicht weiterreden. Doch das tat sie dann doch, mit einer Stimme, die kaum mehr als ein Flüstern war. »Sie sagen, dass die Wahrscheinlichkeit, ihn noch retten zu können, mit jedem Mal abnimmt.«

Jess wurde schwarz vor Augen. Sie hörte eine Stimme, ihre eigene Stimme, die all die richtigen Dinge sagte und versprach, mit einer neuen Geschichte wiederzukommen, doch es kam ihr so vor, als sei sie meilenweit weg von hier. Dort, wo sie im Moment war, gab es nur Dunkelheit und wirre Gedanken, die Purzelbäume schlugen.

Wie hatte es dazu kommen können? Noch vor wenigen Tagen war ihr Leben absolut beschaulich und vorhersehbar gewesen. Sie hatte Unterricht gehabt, ihre Geschichten, ihre Mutter, ihre Besuche bei Doktor Stannard. Doch dann hatte ihr Leben plötzlich an Fahrt aufgenommen. Sie hatte Davy besucht, war nachts aus dem Haus geschlichen, hatte den Eisblumengarten entdeckt. Es war fast, als hätte sie den absoluten Wahnsinn in ihr Leben gelassen, als sie durch diese Öffnung gegangen war.

Gestern, dachte sie, das ist der Schlüssel. Gestern hatte sie ihre wundersame Heilung erlebt. Gestern hatte der Eisblumengarten angefangen zu schmelzen. Gestern war Davys erster Absturz gewesen. War das alles nur ein Zufall? Oder geschah im Hintergrund etwas ganz anderes? Etwas, das sie nicht klar sah?

Als sie sich wieder einigermaßen gefasst hatte, merkte sie, dass sie in der Nähe von Doktor Stannards Sprechzimmer im Flur stand. Durch das offene Fenster schien die Sonne herein. Ihre Strahlen fielen direkt auf ihr Gesicht. Jess wartete darauf, dass die Sonne sie verbrannte. Doch das tat sie nicht. Konnte sie nicht.

Jess schloss die Augen und genoss die warme Sonne.

20

In dieser Nacht kam ihre Mutter in ihr Zimmer, zu einer Uhrzeit, zu der sie normalerweise längst schlief. Jess stellte sich schlafend. Schließlich hörte sie Schritte, die sich von ihrem Zimmer entfernten. Soll ich es tun?, fragte sie sich. Soll ich es wirklich wagen? Diese Frage beantwortete sich selbst.

Das Warten kam ihr quälend lang vor, doch irgendwann stand sie auf und drückte das Ohr an die Tür ihrer Mutter. Sie hörte langsames, schweres Atmen, ein sicheres Zeichen, dass ihre Mutter schlief.

Jess schlich sich nicht nach unten. Sie wusste, dass die Tür abgeschlossen war. Stattdessen kletterte sie aus dem Fenster im Treppenhaus und von dort auf das Flachdach der Küche. Dort konnte sie in den Garten hinter dem Haus hinunterklettern. Ein schmaler Weg führte zur Straße. Das Metalltürchen quietschte, als sie es aufschob, und sie zuckte erschrocken zusammen.

Verzweifelt versuchte sie, das Bild ihrer tränenüberströmten Mutter zu verdrängen, doch es blieb eisern in ihrem Kopf haften. Dabei hatte sie keine andere Wahl – in der Zukunft blieb genügend Zeit, es wiedergutzumachen, während Owen nicht warten konnte. Sie musste wieder in Ordnung bringen, was immer sie getan hatte, um beide Welten ins Chaos zu stürzen.

Der Wald lag vor ihr, und er war dunkel. Der Wald war eine Million verschiedener Dinge, die alle miteinander verschlungen waren. Bedrohlich und riesig zeichnete er sich vor ihr ab, und die Bäume und Schlingpflanzen bildeten eine kompakte, gefrorene Masse. Der Wald lag vor ihr, und er barg viele Gefahren.

Sie hatte im ganzen Garten nach Owen gesucht, aber außer weiteren Anzeichen des Schmelzens nichts gefunden. Er war also nicht zurückgekommen. Deshalb gab es nur eines, das sie tun konnte.

Was stimmt nicht mit dir, Jess? Das war die Stimme ihrer Mutter. *Du bist ohne Proviant aus dem Haus gelaufen, mit nichts außer einem kleinen Rucksack. Du hast keine Ahnung, wo Owen sein könnte; vielleicht musst du tagelang hier herumirren. Und dabei hast du morgen einen Termin bei diesen Spezialisten.*

Jess zitterte am ganzen Leib, als sie nun zum zweiten Mal die Brücke betrat. Das Eis protestierte bei jedem

Schritt und knackte und quietschte unter ihren Füßen. Doch sie wusste, dass sie Owen finden musste, obwohl ihre Beine keine Verbindung zum Gehirn mehr zu haben schienen. Sie musste sich förmlich zu jedem weiteren Schritt zwingen. Schweißtropfen rieselten ihr über Hals und Nacken. Sie konnte ihre abgehackten Atemzüge hören. »Geh weiter«, flüsterte sie und ärgerte sich darüber, dass sie so ängstlich war. Du musst ihm helfen, ermahnte sie sich. Es ist nur eine Brücke, und du musst Owen helfen!

Sie war erst ungefähr in der Mitte angelangt, als sie plötzlich ein lautes Knacken hörte, so laut wie ein Gewehrschuss. Erschrocken blieb sie stehen, und das Herz klopfte ihr bis zum Hals. Vorsichtig wagte sie dann einen weiteren Schritt und merkte, dass sich die Brücke unter ihr bewegte und das Eis warnende Sprünge bekam. Ein dünner Riss bildete sich, direkt unter ihren Füßen. Sie schluckte. Der Riss dehnte sich aus, schlängelte sich von ihr weg, bildete neue Ausläufer. Sie blickte kurz nach unten, in die abschreckende Dunkelheit, und rannte dann los. Sie zwang sich, noch schneller zu rennen, während die Brücke hinter ihr langsam einstürzte. Ihre Beine bewegten sich, so schnell sie konnten, und den letzten Meter musste Jess springen, um heil auf der anderen Seite anzukommen, denn in diesem Moment brach die Brücke endgültig zusammen. Mit offenem Mund stand sie dann da und sah mit Entsetzen, wie die Brücke in einzelnen Eisbrocken in den Abgrund stürzte.

Schwankend und ungläubig stand sie da. Sie war noch am Leben, doch sie saß in der Falle. Sie saß fest! Es gab keinen Weg zurück in den Garten; sie konnte also nur weitergehen. Sie hatte keine andere Wahl, als sich in den Wald zu wagen.

Die Bäume um sie herum waren glitzernde, ausgefranste Zähne aus Eis. Ein Weg schlängelte sich wie ein abgewickeltes Seil steile Schluchten hinauf und hinunter. Nachdem sich ihre Augen an die Düsternis gewöhnt hatten, konnte Jess Vögel und andere kleine Geschöpfe erkennen. Aus dem Unterholz spähten Augen sie an. Jess hörte, wie die Tiere einander etwas zuriefen. Eine Fliegende Elefantenmaus sprang von einem Ast, als sie darunter entlangging, und Jess stieß einen überraschten Laut aus.

Sie bückte sich, um ihre Trinkflasche an einem vorbeifließenden Rinnsal nachzufüllen. Das Schmelzen setzte sich rasch fort, und von Owen noch immer keine Spur. Keine Fußabdrücke oder Spuren auf dem Weg. Ob er wohl immer noch, ohne zu ermüden, ins Herz des Waldes rannte? Wie weit mochte er während ihrer Abwesenheit wohl schon gekommen sein?

Sie hätte nicht sagen können, wie lange sie nun schon nach ihm suchte, nur dass ihre Beine langsam weh taten.

Und es war kein Ende des Waldes in Sicht. Hin und wieder fiel ein einzelner Sonnenstrahl durch den Baldachin der Bäume. Obwohl ihre Füße vor Kälte völlig gefühllos geworden waren, schleppte sich Jess tapfer weiter. Der Gedanke, dass niemand sie je finden würde, falls sie hier sterben sollte, schoss ihr kurz durch den Kopf. Niemand würde je erfahren, was mit ihr passiert war. Sie fröstelte noch mehr.

Dann kam sie zu einer kleinen Lichtung und ließ sich auf den Boden fallen, weil ihre Beine unter ihr nachgaben. Sie schloss für einen Moment die Augen. Ich könnte hier einschlafen, dachte sie. Ich könnte mich ausruhen.

Da spürte sie eine Berührung.

Sie riss die Augen auf. Eine Schlingpflanze, die von einem der Bäume hing, hatte sich um ihren Arm gewickelt. Jess schüttelte sie ab, doch augenblicklich nahm eine andere Pflanze ihren Platz ein, kalt und glatt.

Jess versuchte, auch diese Schlingpflanze abzuwickeln, doch sie zuckte und schlang sich noch enger um ihre Hand. Jess stieß einen Schrei aus und riss sie gewaltsam ab. Sie sah, dass sich um ihr Handgelenk ein Armband aus Eis gebildet hatte. Als sie sich aufrichtete, stolperte sie, weil unvermittelt eine weitere Schlingpflanze aus dem Unterholz geschnellt war. Jess fiel hin, knallte mit dem Kopf auf den harten Boden und schrie laut auf – sehr untypisch für sie. Schreien, das taten nur Mädchen, die ein behütetes Leben in Marshmallow-Pink führten. Sie dagegen schrie nicht mal, wenn die Ärzte Nadeln in sie hineinstießen oder wenn die Sonne ihre Haut zerstörte. Doch jetzt, als um sie herum weitere Tentakel nach ihr greifen wollten, schrie sie. Sie fielen von den Bäumen wie Schlangen, die sich auf ihre Beute fallen ließen. Mit einem erstaunlichen Tempo schlängelten sie sich über den vereisten Untergrund, wickelten sich um jeden Zentimeter ihres Körpers und zogen sie rückwärts in den tiefen Wald hinein.

Eine Kletterranke, so dick wie Jess' Handgelenk, schlang sich um ihren Hals und drückte zu, als wollte sie Jess erdrosseln. Der Druck wurde so stark, dass Jess sich nicht mehr wehren konnte. Ihr Brustkorb war in einer erdrückenden Umarmung gefangen. Vor ihren Augen explodierten helle Fünkchen, und in ihren Ohren dröhnte es, als würde eine Autokolonne über eine Autobahn donnern. Einen Moment lang sah sie sich bei Nacht in einem Auto an Verkehrsschildern vorbeirasen und Lichtspuren am schwarzen Himmel hinterlassen. Jess saß auf dem Beifahrersitz, ihre Mutter am Steuer, und sie sangen beide lauthals den Song im Radio mit. Jemand rief etwas, doch Jess hörte es, als sei sie tief unter Wasser. Es war weit weg und unwichtig. Sie saß bei ihrer Mutter im Auto und alles würde gut werden.

»Ziehen!«, hörte sie da eine Stimme. »Jess, hilf mir

ziehen!« Neue Geräusche drangen durch den Nebel, der sie umgab: das Splittern und Krachen von Eis. Sie merkte, dass die Umklammerung der Schlingpflanzen etwas nachließ, und saugte instinktiv einen halben Mundvoll Luft in ihre Lungen. Dabei öffnete sie die Augen und sah Owen. Owen war da!

Jess staunte, als sie merkte, dass sie noch lebte. Sie hatte eine vage Erinnerung daran, gesehen zu haben, wie Owen sich auf die Pflanzen gestürzt hatte, sie von ihrem Körper weggerissen und sie somit befreit hatte. Etwas kitzelte an ihrer Wange, und sie zuckte zusammen, als ihre Finger den Schnitt direkt unterhalb ihres Auges ertasteten und einen vereisten Splitter herauszogen. Die Schlingpflanzen hingen ringsum auf sie herab und schaukelten und krümmten sich wie Schlangen, die nur darauf warteten, erneut angreifen zu können.

Erschöpft richtete Owen sich auf und griff nach Jess' Hand. »Bleib ganz nah bei mir«, flüsterte er, bevor er den ersten Schritt machte. Die Schlingpflanzen zuckten und krümmten sich, doch sie zogen sich nicht gänzlich zurück.

Ihn wollen sie nicht, dachte Jess. Sie wollen mich. Ihr fiel auf, dass die Schlingpflanzen irgendwie von Dunkelheit umrahmt waren; diese umgab sie wie ein schwarzer Saum.

»Jess«, zischte Owen ihr ins Ohr, »wir müssen *rennen*. Bereit?« Sie umklammerte seine Hand noch fester, und sie rannten zusammen los, weg von der Lichtung und zurück zum Pfad. Sie konnten hören, wie sich die Schlingpflanzen verzweifelt streckten, um ihre vermeintliche Beute doch noch zu fassen zu bekommen.

Doch Jess und Owen blickten nicht mehr zurück. Sie rannten hintereinander her den Pfad entlang, immer genau in der Mitte, um nicht Gefahr zu laufen, dass aus dem Unterholz etwas nach ihnen schnappte.

Jess erinnerte sich an ihr erstes Treffen, bei dem sie zusammen durch das Labyrinth gerannt waren. Owen hatte ihr gesagt, dass sich der Garten entfalten und größer werden konnte – der Wald offenbar auch. Sie war plötzlich davon überzeugt, dass sie, wenn sie allein wäre, für immer hier gefangen war. Sie könnte gehen und gehen, doch der Pfad würde nie enden. Aber sie war nicht allein, sie hatte Owen. Und dies hier war seine Welt.

Wie als Antwort auf ihr Vertrauen in ihn hörte sie ihn plötzlich rufen: »Schau!«

Da sah sie es auch: Violettes Licht schimmerte durch die dichtstehenden Bäume. Sie rannte noch schneller, machte einen Endspurt und gelangte keuchend und stolpernd auf freies Gelände.

21

Was machst du hier?«, fragte Owen. In seiner Stimme schwang Verärgerung mit, aber auch ein Anflug von Freude. Er reichte Jess die Hand und zog sie auf die Füße. Mit ihren behandschuhten Händen wischte sie sich den Schnee von der Kleidung. Vor ihnen lag eine weite, freie Fläche, im Hintergrund ragte eine Kette von Eisbergen an den Himmel.

»Lauf ja nie mehr einfach weg«, sagte sie und tippte Owen an die Brust. »Hast du verstanden?« Und dann umschlang sie ihn mit beiden Armen. Erleichtert, wie sie war, machte ihr die beißende Kälte nichts aus.

»Du tust mir weh«, keuchte er.

»Wie hast du mich gefunden?«

»Ich habe dich schreien gehört und mir gedacht, dass du in Schwierigkeiten steckst. Warum bist du mir gefolgt?«

»Ich habe mir Sorgen gemacht, du Idiot!«

»Aber ich habe dich *verletzt*.«

»Hast du nicht!«

»Es passiert manchmal, wenn ich mich aufrege. Ich wusste nicht, wie ich es stoppen kann, deshalb bin ich weggelaufen. Sonst wäre es noch schlimmer geworden.«

»Mir geht's gut, Owen. Schau. Sieh mich an, mir geht es gut.«

Der Wind sang ein trauriges Lied durch die Bäume hinter ihnen.

»Ich bringe dich zurück«, verkündete er.

»Geht nicht.«

»Was redest du da? Natürlich musst du zurückgehen.«

Sie erzählte ihm von der Brücke, die wie Zuckerglasur hinter ihr zerbröselt war. Auf Owens Gesicht zeichnete sich ein Regenbogen von Gefühlen ab, die von Ungläubigkeit bis zu Entsetzen reichten, und Jess musste sich beherrschen, um ihn nicht erneut zu umarmen. »Wir werden einen anderen Weg finden«, versuchte sie ihn zu trösten.

»Es gibt keinen anderen Weg«, antwortete er. »Du hast es gesehen. Diese Brücke war die einzige Verbindung zwischen meinem Garten und dem Wald.«

»Ich bringe dich wieder nach Hause, Owen. Mach dir keine Sorgen, ich schaffe es.« Sie hörte ihre eigene Stimme, die so stark und sicher klang, und wünschte sich, sie wäre sich innerlich genauso sicher.

Er lachte. »Du willst *mich* nach Hause bringen?«, sagte er dann. »Und was ist mit dir? Wie wäre es, wenn ich *dich* nach Hause bringe?«

In welcher Lage sie selbst war, hatte sie im Wald irgendwie vergessen oder aber verdrängt. Sie hatte sich so darauf konzentriert, Owen zu finden, dass sie das weitaus größere Problem in ihrem Kopf ganz nach hinten geschoben hatte. Aber er hatte natürlich recht – die weiße Mauer am Ende des Gartens war der einzige Weg zurück in *ihre* Welt. Und falls sie nicht in den Garten zurückkämen ... Hör auf, Jess. Hör augenblicklich auf, so etwas zu denken.

»Was ist?« Nervös machte Owen einen Schritt rückwärts. Denn Jess hatte einen ganz bestimmten Gesichtsausdruck und ihren strengen Blick. »Warum siehst du mich so an?«

»Du hörst mir jetzt genau zu, verstanden? Ich habe eine Mutter, die sich die größten Sorgen um mich macht, und deshalb *werde* ich einen Weg nach Hause finden. Das bedeutet, dass auch du einen Weg zurück zu deinem Zuhause findest. Und unterwegs lösen wir dieses Problem mit dem großen Schmelzen, damit du auch noch ein Zuhause hast, in das du gehen kannst. Verstanden?« Sie guckte so streng wie noch nie. »Ich habe gefragt, ob du mich verstanden hast?«

Er nickte.

»Gut, dann sollten wir besser nicht länger hier rumstehen. Und falls wir nicht zurückkönnen, dann müssen wir eben vorwärtsgehen. Vielleicht gibt es doch noch einen anderen Weg. Eine weitere Öffnung wie die in der Mauer.« *Es muss eine geben*, dachte sie schaudernd. *Ganz bestimmt gibt es eine …*

Die Berge wurden noch höher. Nach einigen Stunden veränderte sich der Himmel nach und nach. Riesige volle Wolken rollten heran, und dicke Schneeflocken, größer als Untertassen, wehten vom Himmel. Der Schneefall wurde immer dichter, bis Jess kaum noch den Pfad vor ihr sehen konnte und ihre Kleidung mit Eis verkrustet war. Die Kälte drang bis unter ihre Haut, bis in ihre Knochen, doch sie sagte nichts. Stattdessen dachte sie an Mr Olmos, wie er in seiner Küche saß und seinen ekligen Tee trank. »Jessica, darf ich dir einen guten Rat geben?«, würde er sagen. »Wenn jemand zu dir sagt, dass du etwas nicht kannst, antworte ihm, er sei ein Idiot, und dann geh hin und tue es.« Mit seinen ölverschmierten Fingern würde er sich den grauen Bart kratzen. »Mir haben alle gesagt, ich könne in meinem Garten keine Rakete bauen. Ach, die hatten ja keine Ahnung!«

»Aber Sie konnten tatsächlich keine Rakete bauen. Es hat doch nicht geklappt.«

»Darum geht es doch gar nicht! Ich habe etwas gebaut.

Obwohl mir alle sagten, es ginge nicht. Und nur darum geht es!«

Sie konnte Owen kaum noch sehen. Sie fiel in dem tiefen Schnee auf die Knie, und ihr Herz hämmerte wie eine Basstrommel in ihrer Brust. Sie rief ihn, doch ihr Ruf verhallte im Wind. Sie rief erneut, und ihre Stimme klang dünn in der riesigen Landschaft. Sie war gefangen in einer wirbelnden, weißen Blase. Schatten schwammen im Schneegestöber. *Gib es zurück, Mädchen*, wisperten sie. *Gib es zurück*.

»Ich verstehe nicht!«, rief sie. »Was soll ich zurückgeben? Ich weiß nicht, was ihr von mir wollt!«

Eine Hand griff unter ihren Arm und zog sie hoch. Die Schatten zogen sich zurück, und Owens Gesicht nahm Formen an. Er hob sie hoch, trug sie auf seinen Armen, und sie hörte das unheilvolle Heulen des Winds, als ihr Freund sie weitertrug, mit schweren, entschlossenen Schritten.

Sie dachte an Davy, der in seinem Krankenhausbett lag und niemanden hatte, der ihm Geschichten vorlas. Sie fragte sich, was für eine Stimme er wohl hatte. Es wäre schön, sie eines Tages zu hören.

22

Der Pfad, der so lange schnurgerade verlaufen war, bekam plötzlich Biegungen und schlängelte sich in die Berge hoch. Sie ruhten sich eine Weile aus, damit Owen wieder zu Kräften kam. Als Jess fragte, ob es ihm gutgehe, lächelte er nur und sagte, sie könnten weitergehen.

Sie kamen höher und höher, doch wegen des Schneesturms konnten sie kaum etwas sehen. Owen ging voraus, und Jess folgte ihm, obwohl ihre Beine von den Anstrengungen des Aufstiegs weh taten.

Ihre Mutter hatte ihr einmal eine japanische Puzzlebox geschenkt, auch Geheimkästchen genannt. Sie war aus Holz und rundum mit kunstvollen Intarsien verziert, die ein filigranes Muster bildeten. Wenn man die Box schüttelte, hörte man, dass sich im Inneren etwas bewegte, doch man konnte sie weder aufklappen noch aufschließen. Um sie zu öffnen, brauchte man sehr viel Geduld.

Anderen, Erwachsenen wie Kindern, wäre die Sache schnell langweilig geworden und sie hätten die Box weggelegt. Doch Jess war nicht wie andere. Nach über einer Stunde entdeckte sie schließlich eine kleine Vertiefung im Holz. Mit bloßem Auge war diese kaum erkennbar, doch Jess war sich ihrer Sache sicher: ein einzelnes Blatt des Musters war minimal aus der Reihe. Sie drückte auf die Stelle und hörte ein leises Klacken im Inneren. Ah, sie war auf der richtigen Fährte. Geduldig begann sie, mit den Fingerspitzen weiterzutasten. Nach einiger Zeit fand sie zwei weitere Stellen. Sie drückte darauf, hörte den Mechanismus klicken und fand heraus, dass sich nun eines der kleinen Paneele verschieben ließ. Im Inneren fand sie ein weiteres Kästchen vor und darin ein noch kleineres. Jess hatte unverdrossen weitergemacht, keinen Moment die Lust verloren und auch keine Sekunde ans Aufgeben gedacht. Und ihre Geduld wurde belohnt: In dem kleinsten Kästchen fand sie einen silbernen Ring, in den ihr Name eingraviert war.

Diese Wanderung war ebenfalls eine riesige Puzzlebox, und Jess nahm sie mit derselben Entschlossenheit in Angriff. Sie wollte sich gar nicht erst überlegen, wie viel Zeit inzwischen in ihrer eigenen Welt verging. Und wieder schob sie das Bild des verängstigten Gesichts ihrer Mutter resolut beiseite.

In einer niedrigen Höhle suchten sie Schutz und teilten sich das wenige Essen, das sie noch hatten. Der Eisapfel brannte auf Jess' eingerissenen Lippen, doch dann wärmte er sie von innen her. Owen legte sich hin und rollte sich zusammen. Seine Augen waren inzwischen dunkelgrau. Von den Farben, die immer in ihm geschimmert hatten, war nicht mehr viel zu sehen. Für Jess war klar, dass das, was mit seiner Welt geschah, inzwischen auch ihrem Freund zusetzte.

Was sollen wir tun?, dachte sie. Wir dürften gar nicht hier sein. Wenn Owen nicht weggelaufen wäre und wenn sie ihm nicht gefolgt wäre, wären sie immer noch in seinem ungefährlichen Garten und könnten in Ruhe überlegen, was zu tun ist. Nun aber hatte der Schneeball angefangen, den Berg hinunterzurollen, wurde unterwegs größer und schneller und entwickelte sich zu einer Lawine. Es gab kein Zurück mehr.

»Du hast mir nie erzählt, was deine aufregende Neuigkeit war«, murmelte Owen nach einer Weile.

»Was meinst du?«

»Als du am Alten Mann zu mir gelaufen kamst, hast du gesagt, du müsstest mir etwas erzählen.«

Jess lachte unwillkürlich auf. »Ich glaube, ich werde gesund«, sagte sie dann. »Ich denke, meine Haut wird ... na ja, *ich* werde normal.«

»Das ist gut«, antwortete er. »Das ist großartig.«

Das ist großartig. Sie dachte an die kleine Eismuschel,

die er für sie geschnitzt hatte und die nun bei ihr zu Hause im Gefrierschrank lag. Konnte es da einen Zusammenhang geben? Das wollte sie unbedingt herausfinden. *Musste* sie herausfinden. Doch das ging nur, wenn sie endlich einen Weg zurück nach Hause fand.

»Niemand weiß, was der Grund für dieses Schmelzen ist. Du, Owen?« Sie stupste ihn an. »Ich habe gesagt, dass niemand den Grund kennt. Du … vielleicht?«

Doch da war er bereits vor Erschöpfung eingeschlafen.

Auf einmal wurde sie von einer Welle der Angst und Verzweiflung gepackt, und sie ballte ihre Hände zu Fäusten, so fest, dass sich ihre Fingernägel in die Handflächen bohrten. Sie musste nach Hause. Unbedingt.

Jess fuhr aus dem Schlaf hoch und dachte zuerst, sie sei wieder in dem Krankenhauszimmer, wo die Ärzte und das Pflegepersonal versuchten, Davy zu helfen.

Als sie sich aufsetzte, bewegte sich Owen im Schlaf und murmelte etwas vor sich hin. Ihre Muskeln protestierten, als sie sich vorsichtig von dem harten Untergrund erhob und zum Höhleneingang ging. Der Schneefall hatte aufgehört, doch die Kälte war noch genauso beißend. Sie hörte ein Brausen und Rauschen in der Ferne und machte einen Schritt ins Freie.

Dieser Abschnitt des Wegs war, wie sie jetzt sah, in eine hohe Klippe eingehauen, und rechts ging es steil in die Tiefe. Ein Wunder, dass keiner von ihnen in dem Schneesturm hinuntergestürzt war. Ihr wurde ganz mulmig. Ein falscher Schritt. Mehr hätte es nicht gebraucht …

Sie waren sehr weit oben – wesentlich höher, als sie vermutet hätte. Sie blickte auf eine endlose, unberührte Schneefläche zu ihren Füßen und konnte auch den Pfad erkennen, der von diesem Berg ins Tal hinunterführte, bis er schließlich schnurgerade wie Eisenbahnschienen über die Schneefläche führte. Sie konnte den schimmernden Wald erkennen und in der Ferne auch einen glitzernden Fleck – den Eisblumengarten. Bei diesem Anblick überfiel sie eine tiefe Hoffnungslosigkeit. Sie waren so weit marschiert, um einen anderen Weg zu finden, der sie in ihre eigene Welt zurückführen würde, doch was war, wenn es gar keinen gab? Was, wenn es nie einen gegeben hatte? Aber was hätten wir sonst tun können?, dachte sie frustriert.

Um zu erfahren, woher das Rauschen kam, ging sie am Fuß einer Geröllhalde entlang bis zu einer engen Schlucht. Der Weg war gerade so breit, dass sie nicht seitlich gehen musste. Die ganze Zeit über hatte sie das komische Gefühl, beobachtet zu werden, als wenn die Welt selbst sie mit einer grimmigen Heftigkeit anstarren würde.

»Hallo?«, rief sie, aber natürlich bekam sie keine Antwort. Sie hörte nur das Echo ihrer Stimme, das von beiden Seiten zurückgeworfen wurde. *Hallo, hallo, hallo …*

Das Rauschen wurde lauter. Jess lief einen steilen Hang

hinauf, ließ die Schlucht hinter sich und blieb keuchend stehen. Hier hörte die Klippe auf, und Jess bot sich ein Ausblick über die gesamte Bergkette. Sie konnte nicht anders als nach Luft schnappen – überall waren Wasserfälle zu sehen, Abertausende. Donnernd stürzten sich die Wassermassen von jedem Kristallgipfel – glitzernde Sturzbäche, die Hunderte von Metern tief ins Tal flossen. Dampfwolken waberten durch die Luft. Es war ein wunderschöner und doch auch erschreckender Anblick. Hier konnte sie das volle Ausmaß des Schmelzprozesses erkennen, der die Eiswelt letztendlich zerstören würde – und somit auch ihren Freund Owen.

Und während sie noch auf diese Szenerie blickte, war sie sich auf einmal ganz sicher, und ihre schäumende Verwirrung löste sich auf. Ich gehöre nicht hierher, dachte sie. Die Eiswelt war nicht ihre Welt. Sie hatte sich etwas vorgemacht, als sie sich einbildete, sie könne ein Teil davon werden. Sie seufzte und holte tief Luft. Flatternd atmete sie wieder aus, und ihr Atem verwandelte sich augenblicklich in Nebel. »Es liegt an mir«, murmelte sie vor sich hin. »Das alles ... Es geschieht nur meinetwegen.«

»Nein, Jess. Nicht deinetwegen«, hörte sie da eine Stimme hinter sich, und gleich darauf stand Owen neben ihr an der Klippe. »Es ist meine Schuld. Ich habe es getan.«

»Ich hatte gehofft, dass es klappen würde«, fuhr er fort. »Nach dem Tag, an dem du mir erzählst hast ... ähm, was mit dir ist. Mit deiner Haut. Ich hatte gehofft, es ginge. Natürlich konnte ich mir nicht sicher sein. Es war nur so eine Idee. Und ich habe ganz bestimmt nicht geahnt, welche Folgen es haben könnte. Was es mit meiner Welt machen würde ...« Er verstummte und betrachtete die verheerende Verwüstung, die sie umgab. »Siehst du, dort?« Er deutete auf eine steile Felswand auf der anderen Seite des Tals. Wassermassen schossen vom Rand und verwandelten sich in Rauch, wo der Wind den Sprühnebel auffing.

Jess sah genau hin. Eine violette Spalte verlief senkrecht von oben nach unten, sehr viel dunkler als das sie umgebende Eis.

»Das ist der felsige Untergrund«, erklärte Owen. »Das Eisbett, das unter allem liegt. Es gibt ein paar Stellen, wo es ebenfalls herausragt und direkt an der Oberfläche ist. Es ist wie ...« Er suchte nach den richtigen Worten. »Es ist wie bei Knochen. Wie die Knochen von diesen Dinosaurierskeletten, die du mir in deinem Buch gezeigt hast.«

Wieder dachte sie an die kleine Eismuschel, die er ihr geschenkt hatte. Sie bestand aus dem gleichen Violett, dem gleichen Typ von Eis.

»Was immer meine Welt auch ist, was immer für eine Magie sich unter ihrer Oberfläche verbirgt, ist dort in dem Eisbett eingeschlossen. Und nachdem du neulich gegangen warst, habe ich angestrengt nachgedacht.«

»Owen«, begann sie, doch er hielt abwehrend eine Hand hoch.

»Nachdem du mir das mit deiner Haut erzählt hattest, wusste ich, dass ich etwas tun musste, um dir zu helfen. Und da hatte ich eine Idee. Der Himmel hier in meiner Welt tut dir nichts. Aber mal angenommen, dass es gar nicht am Himmel liegt? Was, wenn diese Welt hier allein schon bewirkt, dass du dich besser fühlst? Und was, wenn du ein Stückchen davon mitnehmen könntest? Deshalb nahm ich ein Stück von dem Eisbett, mit all der Kraft, die es besitzt, und habe daraus etwas für dich angefertigt. Ich wusste aber nicht, ob es auch funktioniert ...«

»Hat es.«

Er lächelte. Obwohl seine eigene Welt am Schmelzen war, lächelte er. »Das hatte ich gehofft. Doch in dem Moment, als du damit durch die Öffnung gegangen bist, war es, als hätte ich einen heftigen Schlag bekommen.«

»Du hättest doch rufen können. Ich wäre zurückgekommen.«

»Es war wie ein Schlag mitten in meine Eingeweide. Als wenn etwas hineingegriffen hätte und sich dort festkrallte, eine geschlossene Faust, die sich verdrehte und ... und ...« Er fiel auf die Knie. Seine Schultern begannen zu beben, und er schlug sich die Hände vors Gesicht.

Jess starrte ihn an. Sie wollte neben ihm in die Hocke gehen und ihn in die Arme nehmen. Doch sie merkte, dass es nicht ging. Ein übel schmeckender Zorn stieg in ihr auf und hinderte sie daran, ihren Freund zu umarmen. Ihr Zorn schwoll an und an, brannte in ihrer Kehle.

»Du hast es gewusst!«, zischte sie und war selbst erstaunt darüber, wie gehässig sie klang. Owen hob ruckartig den Kopf. »Du hättest es mir sagen müssen!«, fauchte sie.

Er sah sie an, als hätte sie ihn geohrfeigt. »Wie meinst du das?«

»Du hast gewusst, dass es die Muschel war. Du hast von Anfang an gewusst, warum der Garten schmilzt. Und ich habe mir wie eine Idiotin den Kopf zerbrochen, wie wir ihn retten könnten! Dabei hast du es die ganze Zeit gewusst! Deshalb wolltest du nichts dagegen tun. Du hättest es aufhalten können, aber du hast es nicht gewollt!«

»Das stimmt nicht! Ich war mir nicht sicher. Wie hätte ich mir sicher sein können?«

»Hast du gewusst, dass alles schmelzen würde, als du sie mir geschenkt hast? Als du mir die Muschel gegeben hast?«

»Natürlich nicht! Ich wusste nicht einmal, ob sie dich heilen kann. Ich habe es nur *gehofft*!«

Jess hörte kaum hin. Flammender Zorn stieg in ihr auf.

»Du hättest es mir sagen müssen. Wenn ich es gewusst hätte, wäre ich sofort nach Hause gelaufen und hätte sie dir zurückgebracht. Dann hätte das alles aufgehört!«

»Richtig!«, schrie Owen zurück. »Ich habe dir etwas geschenkt, das dich heilen sollte, und wenn ich dir gesagt hätte, was für Folgen es hat, hättest du sie vermutlich weggeworfen! Du hättest sie weggeworfen, und alles wäre wieder wie früher gewesen! Doch das wollte ich nicht! Ich wollte, dass du glücklich bist! Ich wollte, dass du gesund wirst!«

»Aber es zerstört deine Welt!«

»Das ist meine Sache!«

»Nein, ist es nicht!«, schrie sie. »Wenn du denkst, dass du mir alle Entscheidungen abnehmen kannst, bist du genau wie Doktor Stannard und wie meine Mutter! Du hättest es mir sagen müssen! Warum hast du es nicht gesagt? Warum hast du die Entscheidung nicht *mir* überlassen? Es ist mein Leben!«

»Wie kannst du nur so ... so *undankbar* sein?«, zischte er. »Ich habe es als Freund getan.«

»Freunde lügen einander nicht an.«

»Ich habe es für dich getan!«

»Freunde reden miteinander. Freunde besprechen ihre Entscheidungen miteinander!«

»Ich habe doch nicht gewusst, dass dann hier alles schmelzen würde! Doch als es begann, habe ich eine Entscheidung getroffen, da hast du recht! Ich habe beschlossen, es geschehen zu lassen. Für *dich*!«

Sein Ärger schwoll nun ebenso an wie ihrer und brachte einen Sturm mit sich. Im Nu war Jess von einem tosenden Schneesturm umgeben, Schneeflocken und Eisklümpchen prasselten ihr ins Gesicht. Oder war es etwas anderes? Vielleicht waren es die Klauen einer unsichtbaren Bestie, die sie zerfleischen wollte, oder die scharfen, spitzen Zähne einer Hexe. Jess wusste nicht einmal mehr, ob sie gerade stand oder saß, ob sie durch die Luft flog oder in einen tiefen Abgrund stürzte. Ihre körperlichen Schmerzen wurden jedoch bald verdrängt von einer ganz anderen Art von Qual – von reiner, unsäglicher Verzweiflung.

Der Boden begann zu beben. Sie hatte alle Mühe, sich auf den Beinen zu halten. Der Berg bäumte sich unter ihr auf. In dem vereisten Untergrund bildeten sich winzige Risse, die sich jedoch rasch ausbreiteten und länger wurden.

Plötzlich war über ihnen ein scharfes Krachen zu hören, und als Jess den Kopf hochriss, sah sie, dass der Berghang über ihnen absackte. Eine riesige Platte aus Eis und schwerem Schnee rutschte auf sie zu. Jess wollte zur Seite springen, doch ihre schmerzenden Beine gehorchten ihr nicht schnell genug. Die Lawine traf sie mit voller Wucht, und um sie herum wurde es dunkel.

23

Volle Montur, Jess. Sofort, bitte.«

»Muss das sein?«

»Stell dich nicht so an!«

»Ich schreibe gerade eine Geschichte.«

»Das sagst du fast immer, Fräulein.«

»Ich bin fast fertig.«

»Wir kommen zu spät zu unserem Termin.«

»Die können warten.«

»Sie werden nicht warten. Warum sollten sie auf uns warten?«

»Aber ich will sie mir nicht schneiden lassen.«

»Sie sind inzwischen viel zu lang.«

»Mum ...«

»Jessica?«

»Sie müssen extra meinetwegen die Jalousien zumachen.«

»Das stört sie nicht.«

»Es sind immer auch andere Leute da.«

»Ich bin mir sicher, dass es die auch nicht stört.«

»Es ist mir peinlich.«

»Jessica! Das will ich nie wieder hören, hast du verstanden? Es muss dir nicht peinlich sein! Nichts auf der Welt muss dir peinlich sein, gar nichts!«

Jess kam plötzlich wieder zu sich und merkte, dass sich ihr Mund und ihre Nase mit Schnee füllten. Sie versuchte, sich aus den Schneemassen zu befreien, doch sie lasteten zu schwer auf ihr. Sie war lebendig begraben! Heiße Tränen brannten in ihren Augen. Wie hatte sie es geschafft, dass alles dermaßen aus dem Ruder gelaufen war? Ihre Mutter würde nie erfahren, wohin sie gegangen war. Was würde sie denken? Dass Jess sie verlassen hatte? Dass sie weggelaufen war und sie im Stich gelassen hatte?

Da ertönte über ihr ein dumpfes Donnern, gleich darauf gefolgt von einem weiteren. Sie schloss die Augen vor den Tausenden von Lichtfunken, die in der Dunkelheit tanzten. Ihre Brust brannte mit den erlöschenden Überbleibseln ihres letzten Atemzugs. Es war, als würde Feuer durch ihre Lunge strömen. Sie musste durchhalten. Könnte sie doch nur durchhalten …

Die dumpfen Schläge erfolgten nun schnell, als wenn jemand versuchen würde, sich von oben zu ihr durchzuarbeiten. Owen, dachte sie, und mit ihrer letzten Energie versuchte sie, sich zu bewegen und ihm irgendwie zu helfen. Die Zwangsjacke aus Schnee, in der sie steckte, lockerte sich etwas, und in der Nähe ihres Munds öffnete sich ein Luftloch. Sie spürte einen Lufthauch an der Nase und saugte ihn gierig ein. Die Schneeschicht über ihr bewegte sich langsam und glitt zur Seite, eine Hand griff nach Jess und bekam sie zu fassen. Und schon wurde sie nach oben gezogen und half nach besten Kräften mit. Nicht lange, und sie war wieder frei.

Mit Owens Hilfe schälte sie sich aus der Lawine. Sie rang nach Luft, und ihre Stirn war blutig. Als sie aufzustehen versuchte, knickte eines ihrer Beine ein, und sie fiel mit einem Aufschrei zu Boden. Ihr Knöchel war dick angeschwollen und tat schon bei der kleinsten Berührung weh. Keuchend lag sie auf dem Rücken und versuchte, die Schmerzen wegzuatmen. Schwärme von Eisvögeln flogen in einer V-Formation am hellen Himmel entlang.

Nach einer Weile stand sie wieder auf, etwas behutsamer diesmal, und testete, wie viel Gewicht ihr verletztes Bein aushalten konnte. Doch was sie dann vor sich sah, war unglaublich. Der Berghang war völlig zerstört. Wo vorhin noch eine glitzernde Schneefläche geschimmert hatte, klaffte nun eine übel zugerichtete, ausgefranste Felswand aus hartem, grauem Eis.

Owen stand ein Stück weiter weg, mit hängenden

Schultern und abgewandtem Blick. Sie konnte seine Beschämung spüren, die sich wellenartig um ihn herum ausbreitete.

»Es ist nicht deine Schuld«, sagte sie mit heiserer Stimme. »Hast du gehört, Owen?«

»Ich kann es nicht kontrollieren.«

Sie merkte, dass er zitterte und mit letzter Kraft versuchte, ein erneutes Anschwellen des Sturms zu verhindern. Schneegestöber pfiff um seine zierliche Gestalt.

»Owen?«, wiederholte sie. »Owen, schon gut. Ich weiß, dass du es nicht absichtlich herbeigeführt hast. Du hast mir das Leben gerettet!«

Er blickte hoch, und sie stolperte erschrocken rückwärts, trotz ihres schmerzenden Knöchels. Seine Augen waren pechschwarz geworden. Aber nicht nur schwarz, sondern schwärzer als schwarz. Eine Schwärze, die sie bereits kannte. Sie hatte sie schon einmal gesehen, im Labyrinth, als die Dunkelheit dort sie verschlingen wollte. Sie hatte sie auch gesehen, einen Moment bevor die Fliegende Elefantenmaus die Zähne in ihre Hand geschlagen hatte. Und sie hatte sie rund um die Schlingpflanzen im Wald gesehen.

»Es will dich verletzen, Jess«, sagte Owen. Jedes Wort schien ihm schwerzufallen.

»Was – *es*? Was will mich verletzen?« Doch sie wusste es bereits. Die Schwärze in seinen Augen war das dunkle

Herz der Eiswelt, das den Eindringling erbarmungslos vernichten wollte.

»Dieser Ort«, erklärte er. »Mein Reich. Es will dich nicht hier haben.«

Sie wich zurück und fragte: »Aber warum? Warum darf ich nicht hier sein?«

Ein gequälter Ausdruck huschte über sein Gesicht, und er schüttelte den Kopf. »Ich schon, ich möchte dich hier haben. Aber ich weiß nicht, ob ich es kontrollieren kann.«

Sie ging zu ihm. Er wich zurück, doch sie legte ihm einen Arm um die Schultern und drückte ihn. Die beißende Kälte war noch da, doch sie verbrannte sie nicht mehr wie zuvor. Zwischen ihnen beiden gab es etwas, das stärker war. Die Dunkelheit in seinen Augen vernebelte sich leicht, als könne er die in ihm brodelnde zerstörerische Macht beherrschen. Owen war ihr Freund. Er war der beste Freund, den sie je gehabt hatte, und sie würde ihn unter gar keinen Umständen im Stich lassen, jetzt, wo er sie am meisten brauchte. Wo er nicht einmal sich selbst noch trauen konnte.

»Wir müssen weiter«, sagte sie. »Etwas anderes bleibt uns gar nicht übrig.« Sie nahm seine Hand, und sie gingen zusammen weiter, stolperten an dem verwüsteten Berghang entlang, wohin immer der Pfad sie auch führen würde.

24

Es war eine Höhle. Ein dunkler Schlund, der sie ein Stück weiter oben im Berg anstarrte und in dem der Pfad verschwand. Mit dem, was sich wie die letzten Funken ihrer Kraft anfühlte, kämpfte sich Jess den Abhang hinauf und trat ins Dunkel.

Sie liefen so schnell und so gut es ging, und stützten einander. Sie folgten dem Pfad, wie so lange schon. Die Höhle wurde zu einem Tunnel, der sich wand und krümmte wie der Körper einer Pythonschlange. Die Wände und der Boden waren mit so vielen schimmernden Edelsteinen gespickt, dass es fast hell war. Nach einer Weile gelangten sie in einen riesigen Höhlenraum, der im Herzen des Bergs liegen musste. Die Decke war so hoch, dass man sie kaum erkennen konnte. Hier war der Pfad zu Ende. Und somit auch ihr Weg. Der einzige Ort, an den sie hatten gehen können.

Die Höhle war leer. Es gab nichts. Keine Öffnung zurück in Jess' Welt, kein Hinweis, wie sie Owen helfen konnte. Jess merkte, dass sie sich an einen zerbrechlichen Ball der Hoffnung geklammert hatte, der nun zwischen ihren Fingern zerbröselte. Sie sah Owen fassungslos an und versuchte, das alles zu begreifen.

Owen wankte in die Mitte des Raums. Seine Augen hatten diese schreckliche, durchdringende Dunkelheit verloren und waren nun eher rauchgrau. Sein Kopf kippte nach vorn, und er fiel auf die Knie.

»Owen!«, rief sie erschrocken und lief zu ihm.

»Tut mir leid«, stammelte er, und Jess kam es so vor, als hätte er mit zwei Stimmen gleichzeitig gesprochen. Die eine gehörte dem Jungen, den sie inzwischen gut kannte, während die andere älter klang als die Berge hier. Er blickte auf. »Es tut mir so leid, dass ich dich verletzt habe.«

»Ach was, es war meine Schuld. Du wolltest mir doch nur helfen. Ich hätte dich nicht anschreien dürfen. Du hattest recht. Ich war undankbar. Die ganze Zeit hast du nur versucht, mir zu helfen.«

Er weinte, wie sie erschrocken sah. In jedem Auge hatte sich eine Träne gebildet, die anschwoll und wuchs, bis sie sich lösten und die Wangen hinunterkullerten, wo sie wieder zu Eis erstarrten.

Jetzt schmilzt er auch von innen her.

»Ich hätte nicht wütend auf dich werden sollen. Aber

es ist so frustrierend. Niemand lässt mich je selbst entscheiden. Daran lag es. Tut mir leid, Owen. Es tut mir schrecklich leid.« Nun flossen auch bei ihr die Tränen.

»Die Pflanzen, die dich im Wald attackiert haben, Jess, sie *denken* nicht, oder zumindest nicht wie du und ich. Sie handeln rein instinktiv.« Er stockte kurz, bevor er fortfuhr: »Sie wollen dich bestrafen, obwohl du gar nichts dafür kannst.«

Ich bin wie ein Virus in einem Körper, dachte Jess, und der Körper wehrt sich dagegen. »Und du?«, fragte sie.

»Hier hängt alles zusammen. Die ganze Welt hängt zusammen, und ich bin ein Teil von ihr, genau wie eine Blume, die im Eisblumengarten wächst, oder die höchste Bergspitze. Ich bin *ich, ich bin* Owen. Aber ich bin auch das alles hier, und tief in mir gibt es einen Teil, der ebenfalls instinktiv handelt und den ich nicht kontrollieren kann. Das hat zu den Stürmen geführt. Und deshalb bist du jetzt verletzt.«

»Ich gehöre nicht hierher«, murmelte Jess, und Owen ließ den Kopf hängen.

»Ich dachte …«, begann sie, merkte dann aber, dass sie keine Worte fand.

»Du dachtest, der Garten sei für dich da«, führte er ihren Satz zu Ende.

Wieder loderte Zorn in ihr auf, unvermittelt und heiß.

»Wenn ich nicht hier sein darf, warum hat diese blöde Welt mir dann überhaupt ihre Pforte geöffnet? Niemand sonst hat die Lücke je gefunden, nur ich! Warum durfte ich eintreten?«

Nach einer Weile des Schweigens sagte Owen: »Ich kann mich nicht an eine Zeit erinnern, in der ich nicht allein war. Und ich war glücklich und zufrieden, weil ich es nicht anders kannte ... Doch dann, eines Tag, dachte ich, ich hätte eine Stimme gehört.«

Jess sah ihn fragend an. »Wie meinst du das?«

»Die Stimme war sehr leise, aber als ich ganz ruhig dastand, konnte ich ein Flüstern hören. Und nach einer Weile ergaben die Worte einen Sinn für mich. Es waren Geschichten. Geschichten über Dinge, die ich nicht verstand, über Orte, die ich nie gesehen hatte. Einige waren nur Gedanken, andere erschufen ganze Welten.«

Jess merkte, dass sie vor ungläubigem Staunen die Luft anhielt. Das Ganze war *zu* unmöglich, um wahr zu sein.

»Und eines Tages war die Stimme lauter. Näher. *Realer*. Ich legte mein Ohr an die Eismauer ...«

»Und weiter?« Sie fröstelte unwillkürlich, als sich die Puzzleteilchen in ihrem Kopf zu einem Bild zusammenfügten.

»Es kam mir gleich so vor, als sei die Stimme auf der anderen Seite. Sie erzählte von einem Ort voller Kinder.

Von zwei Mädchen, die zusammen kletterten, während ihre Mütter dasaßen und sie beobachteten.«

In Jess' Kehle bildete sich ein dicker Kloß.

»Ich musste es sehen. Ich musste es wissen. Natürlich hatte ich Angst, aber der Wunsch, es herauszufinden, wurde immer größer, bis ich mich nicht mehr dagegen wehren konnte. Ich berührte die Mauer, und es war, als könne ich jedes Molekül spüren. Obwohl sie so massiv wirkte, sah ich, wie dünn sie eigentlich war, dieser Rand meiner Welt. Ich drückte die Hände hinein und dann auseinander, und dadurch entstand ein Spalt, der breit genug war, dass man durchschlüpfen konnte.«

Owen sah sie mit großen Augen an und machte eine kurze Pause, bevor er weitererzählte.

»Es war so dunkel. Die Luft schmeckte irgendwie falsch, und es war unglaublich heiß. Doch das war mir egal, weißt du. Denn ich konnte die Stimme jetzt viel deutlicher hören. Ich wusste, dass sie ganz in der Nähe war.«

Jess dachte an die Nacht zurück, in der sie den Garten entdeckt hatte. Sie erinnerte sich noch sehr genau, wie sie auf der Schaukel gesessen und die Kinder beschrieben hatte, die sie im Geiste um sich herum sah, und wie sie plötzlich gefröstelt hatte, als hätte ein eisiger Luftzug sie gestreift.

»Es war so heiß«, fuhr Owen fort. »Ich wusste, dass ich auf keinen Fall weiter in diese fremde Welt gehen durfte, aber ich wollte auch nicht, dass diese Stimme wieder verstummte. Deshalb ließ ich die Mauer einen Spaltbreit offen und hoffte, sie würde mich finden. Und so war es auch! Eines Abends war die Stimme wieder da und erzählte die Geschichte von einem Schneider, auf den das ganze Dorf so wütend war, dass er fliehen musste. Was habe ich mich gefreut! Doch dann sah ich dich durch den Obstgarten streifen und begriff, was ich getan hatte: Ich hatte einer Fremden den Zutritt zu meinem Garten ermöglicht.«

»Aha, deshalb warst du anfangs so wütend?«

»Nicht wütend. Ängstlich.«

»Ich verwechsle diese zwei Begriffe auch gern ...«

»Und dann habe ich dir die Muschel geschenkt und dadurch den Schmelzprozess ausgelöst.«

»Das hättest du mir sofort sagen sollen, als du es bemerkt hast. *Sobald* du es bemerkt hast.«

»Um mein Geschenk zurückzufordern?!«

»Ja, klar.«

»Die Muschel kann dich heilen, Jess, das ist das Wichtigste. Wenn du sie zerstörst, geht es dir wieder wie zuvor.«

Ein Bild des Spielplatzes schoss ihr durch den Kopf. Nicht in Dunkelheit gehüllt, sondern in dottergelbem Sonnenschein gebadet. Und sie in der Mitte, wie sie vor und zurück schaukelte.

Sie biss die Zähne zusammen. »Sei nicht albern«, zwang sie sich zu sagen. »Du hast die Wasserfälle gesehen. Die Schäden, die bereits entstanden sind. Nicht mehr lange, dann ist die ganze Eiswelt zerstört ... und auch *du*! Das kann ich nicht zulassen. Nicht für ...« *Nackte Arme, im warmen Gras liegen. Ein aschblondes Mädchen, das ruft, ich solle mit ihr Fußball spielen.* »Nein, nicht einmal für all diese Dinge.«

Ihr war übel.

»Aber darum geht es doch«, sagte Owen. »Das ist die Entscheidung. Es gibt keine andere Möglichkeit.«

Es gibt keine andere Möglichkeit. Indem sie die Muschel mit nach Hause genommen hatte, hatte sie seine Welt aufgebrochen, aus der nun nach und nach alle Kräfte sickerten. Es war, als hätte man ein Loch in einen Plastikeimer gebohrt und würde nun zusehen, wie das Wasser herausläuft. Sie konnte den Eisblumengarten noch retten, indem sie die Muschel schmelzen ließ, doch dann wäre es auch mit ihrer wundersamen Heilung vorbei. Oder sie konnte die Eismuschel behalten und fortan wie alle anderen leben. Sie könnte jederzeit ins Freie gehen. Sie könnte Freunde finden. Doch Owen und seine Welt würden für immer verschwinden.

Sie dachte daran, wie sie sich mit Owen unter den Zweigen des Alten Mannes unterhalten hatte, wie sie beide die Gleitfläche hinuntergerutscht waren. Wie sie sich im Labyrinth versteckt hatten. Nein, Jess konnte nicht zulassen, dass die Eiswelt verschwand, wie auch? So egoistisch konnte sie nicht sein.

Da hörte sie Kinder auf dem Weg zum Spielplatz kichern und rufen. Kinder, die sie nie kennenlernen würde. Für sie gab es nur zugezogene Vorhänge und Geschichten in einem Buch. Und es gab die Geschichten, die sie einem Jungen erzählte, der vielleicht nie wieder aufwachen würde.

Der Schmerz kam, als würde er aus ihr herausgepresst werden. Sie weinte bittere, frostige Tränen.

»Ich kann nicht«, stammelte sie schließlich. »Owen, ich kann dich nicht sterben lassen.«

»Jess«, sagte er leise und schüttelte den Kopf. »Ich lasse es nicht zu, dass du die Muschel wegwirfst. Das musst du mir versprechen. Du *musst* ...« Seine Stimme verlor sich, das Sprechen war zu anstrengend für ihn, und plötzlich fiel er zu Boden.

»Nein!«, schrie sie und ging neben ihm auf alle viere. Seine Haut war feucht, sein Atem war sehr abgehackt. »Nein«, stöhnte sie. Du darfst nicht sterben. Nicht meinetwegen, bitte! Nicht wegen mir. Einen Moment lang kam es ihr so vor, als hörte sie einen hohen, monotonen Piepton, der wie der von dem Gerät in Davys Krankenhauszimmer klang, doch es hätte genauso gut ein Windstoß sein können, der durch die Höhlengänge pfiff.

»Du musst gehen, Jess. Geh bitte!«

Sie wollte protestieren, doch da hob er einen zitterigen Finger, und sie sah zu ihrem Entsetzen, dass die Höhlenwände bereits begannen, sich zu verformen, weil sie schmolzen. Mit großen Augen sah sie sich um, mit einem Gefühl von wilder, unkontrollierbarer Panik.

»Geh!«, wiederholte er stöhnend, weil ihm das Sprechen sichtlich schwerfiel.

»Das spielt keine Rolle mehr, Owen. Selbst wenn ich es dir versprechen würde. Es gibt keinen Weg zurück. Ich bin hier genauso gefangen wie du.«

»Nein, bist du nicht. Schau!«

Und da sah sie es. Am anderen Ende des Höhlenraums, genau da, wo der Pfad endete, gab es eine glatte weiße Wand, die etwas anders aussah als die anderen. Genau genommen wie die Mauer mit der Öffnung, die sich auf der ganz anderen Seite des Gartens befand. Jess konnte es nicht glauben. Sie hatte zu Owen gesagt, sie müssten unbedingt weitergehen, aber eigentlich nur, weil sie keine andere Möglichkeit gesehen hatte. Doch der Pfad hatte sie auf einem ganz anderen Weg nun doch zum einzigen Ausgang gebracht.

»Ich kann dich nicht verlassen«, sagte sie, obwohl sie wusste, dass ihr gar nichts anderes übrigblieb. Wenn sie ihrem Freund helfen wollte, musste sie in ihre eigene Welt zurückkehren. Sie musste die Muschel zerstören.

Ich werde dich retten, Owen, dachte sie. Ich werde dich ganz bestimmt retten.

Behutsam drückte sie ihm einen Kuss auf die Stirn und rannte dann zur Höhlenwand. Das Wasser strömte an der Wand hinunter, und als Jess ihre Handfläche auf das darunterliegende Eis legte, fühlte es sich so zerbrechlich an wie eine Eierschale.

Sie schlug dagegen. Die Oberfläche zersplitterte. Wieder und wieder schlug sie dagegen, bis sich eine Öffnung gebildet hatte, die groß genug war, damit sie durchschlüpfen konnte. Sie drehte sich noch einmal zu Owen um, der immer noch dalag und sich auf einen Ellbogen gestützt hatte.

»Du bist nicht komisch, Jess«, stammelte er. »Ich weiß, dass du das denkst, aber es stimmt nicht. Du bist nur anders. Und das ist gut. Das ist sogar *perfekt*.«

»Ich werde dich nie mehr wiedersehen.« Ihre Stimme drohte zu versagen. »Du bist mein einziger Freund.«

»Vergiss mich nicht«, sagte er.

»Natürlich nicht«, rief sie zurück. »Sei nicht albern!«

»Versprich es mir. Versprich mir, dass du die Muschel behalten wirst. Versprich mir, dass du *leben* wirst.«

Sie zwängte sich rückwärts durch den Spalt unter dem eisigen Sturzbach.

Sein Gesicht verschwand aus ihrem Blickfeld.

25

Jess war es warm – ein komisches Gefühl nach all der Zeit. Sie holte tief Luft und atmete die staubig-süßliche Luft ein. Hier gab es keine Eisblumen, keine Kälte, keinen rauen Wind, der einem ins Gesicht blies. Alles war still, alles war friedlich. Hier konnte sie sich erholen. Hier war es warm.

Im ersten Moment war sie schneeblind, und es dauerte einige Sekunden, bis sich die Farben in klare Formen umwandelten. Aus einem verschwommenen Fleck vor ihr wurde eine Schaukel, aus einem anderen ein Klettergerüst. Und ganz plötzlich, als hätte jemand auf einen Schalter gedrückt, kamen Geräusche: Kindergeschrei und das monotone Plätschern von Gesprächen von Erwachsenen.

»Natürlich sind die Lehrer das eigentliche Problem!«, ließ eine Vogelscheuchen-Frau einen extrem großen Mann wissen. »Es nützt nichts, Jacob zu *sagen*, was er tun muss, man muss ihn darum *bitten*.«

Der Mann schnaufte und hüstelte zustimmend.

Es konnte nicht wahr sein! Nein, das konnte sie nicht glauben. Nach so vielen Meilen, Tausenden von Schritten war sie hier und lag zusammengekauert am Eingang zum Spielplatz auf dem Boden. Das ist unwichtig, dachte sie benommen. Es gab etwas viel Wichtigeres, das ihr im Moment aber nicht einfiel. Ihre Gedanken bewegten sich zu träge, wie Honig, der von einem Löffel tropfte. Sie musste sich konzentrieren. Sie musste sich erinnern. Denk nach!

»Herrje, was ist mit dir?« Die Vogelscheuchen-Frau kam zu ihr gelaufen, während der Mann nur dümmlich herüberglotzte. »Ich habe dich vorhin gar nicht hier liegen sehen. Ist alles in Ordnung? Wie lange bist du –« Die Frau brach mitten im Satz ab, da ihr Verstand ihr einflüsterte, dass dieses Mädchen ja nicht aus dem Nichts aufgetaucht sein konnte.

»Nachdenken!«, murmelte Jess.

»Wie bitte?«, sagte die Frau.

»Nachdenken«, wiederholte Jess. Und plötzlich strömte alles wieder auf sie ein. Der Höhlenraum im Herzen des Berges. Die schmelzenden Wände. Owen, der sich vor Schmerzen krümmte. Die *Muschel*. Richtig, sie musste die Muschel zerstören.

Sie sprang auf die Füße, schrie aber sofort auf, weil ein übler Schmerz durch ihren verletzten Knöchel zuckte.

Die Frau wich erschrocken einen Schritt zurück, und Jess begriff, wie seltsam sie aussehen musste in ihren durchnässten, dreckigen Winterklamotten und mit Blutspuren im Gesicht.

Was sollte sie tun? Sie hatte das Gefühl, sich im Kreis zu drehen und verzweifelt ... etwas zu suchen. Du musst sofort nach Hause. Du musst sie kaputtmachen. Egal, was du ihm versprochen hast. Geh schnell nach Hause ...

Nach Hause! Ihre Mutter! Der Ball von Schuldgefühlen, den sie bis eben noch erfolgreich in ihrem Inneren versteckt hatte, schwappte ihre Speiseröhre hoch, und ihr wurde auf einmal speiübel. Sie musste nach Hause. Aber wie? Wie kann ich meiner Mutter unter die Augen treten?

Ihr verletztes Bein hinter sich herziehend, zog sie sich am Geländer entlang bis hoch zur Straße. Die Geräusche und Gerüche waren verwirrend. Die Autos waren zu viele und zu schnell. Jess konnte die Auspuffgase sehen, die sie hinterließen und die sich in der schwülen Sommerluft auflösten. Fast alles war grau, und das wenige, was farbig war – Werbeplakate und Plastik – wirkte gekünstelt und grell. Sie schleppte sich den Hügel in Richtung Stadtzentrum hoch.

Es musste ein Samstag sein, denn auf den Straßen wimmelte es von Menschen, die ihre Einkäufe tätigten. Diesen Anblick hatte Jess bisher nur durch die getönten

Scheiben des Autos ihrer Mutter gesehen. Wie sehr hatte sie sich danach gesehnt, mitten in diesem Trubel zu sein. Doch nun stellte sie fest, dass ihr die vielen Leute nur im Weg waren, und sie musste ihnen immer wieder ausweichen und sich an ihnen vorbeischlängeln – soweit es ihr humpelnd möglich war. Einmal erblickte sie in einem der Schaufenster ihr Spiegelbild – ein kleines Persönchen, von Kopf bis Fuß dick eingemummt. Die anderen Passanten starrten sie an und begannen zu tuscheln. Sekunden später hörte sie dann aber eine vertraute Stimme, und fast gleichzeitig legte sich eine Hand auf ihre Schulter.

»Jessica?«, sagte die Stimme. »Was machst du hier? Du meine Güte, was ist mit dir passiert?«

Es war Mr Olmos von Hausnummer dreiunddreißig. »Bitte«, rief sie flehentlich, »bringen Sie mich nach Hause. Ich muss dringend nach Hause.« Und nach diesen Worten brach sie in seinen Armen zusammen.

Mr Olmos trug sie durch die Schiebetüren in den Eingangsbereich. »Schnell!«, rief er. »Ein Notfall! Ich brauche einen Arzt!« Für Jess klang seine Stimme sehr weit entfernt. In ihrem Kopf verschwamm alles, die Welt war voller Flecken und verblasst. Nur ihre Schmerzen waren real, wie ein brennender Ball in ihrem Kopf.

Fremde Hände halfen ihr in einen Rollstuhl. Überall

Menschen. Sie hörte ihren Nachbarn laut fragen, wie es ihr ginge, und eine weiche Stimme murmelte eine Antwort. Jess versuchte zu sprechen, sie wollte erklären, dass sie nicht hier sein wollte, dass sie dringend nach Hause musste, doch ihre Kehle war wie ausgedörrt.

Da sah sie neben sich einen weißen Kittel aufblitzen, und eine große Gestalt beugte sich zu ihr herunter. »Mein Gott«, rief Doktor Stannard. »Jess ... Sieh mich an, Jess! Wo hast du gesteckt? Die Polizei war hier. Sie haben tausend Fragen gestellt. Wo warst du nur? Dem Himmel sei Dank. Zum Glück bist du wieder da.«

Eine weitere Welle der Benommenheit schwappte über ihr zusammen und zog weiter. Jess' Kopf war zu schwer, ihre Muskeln fühlten sich an wie glimmende Asche. Doktor Stannard und seine Kollegen wirbelten um ihren Rollstuhl wie Figuren auf einem Karussell. Ihre Stimmen klangen immer weiter weg. Jess schloss die Augen und fiel in Dunkelheit.

26

Als Jess wieder zu sich kam, war jemand bei ihr, dessen Umrisse sie vor einer Lichtquelle nur vage sehen konnte. Owen? Nein, das konnte nicht sein. Es war kein Kind, sondern jemand, der groß war, sehr groß. Die Gestalt bewegte sich. Es war ein Mann, der ein Schaubild studierte, mit einem vertrauten Stirnrunzeln. Doktor Stannard. Jess beobachtete ihn mit halb geschlossenen Augen, denn sie wollte ihn nicht merken lassen, dass sie wach war. Dieses Gespräch konnte warten.

Sie setzte sich erst auf, als er mit dem fertig war, was er gerade gemacht hatte, und hinter dem Vorhang verschwunden war, der ihr Bett umgab. Ihr ganzer Körper schmerzte, doch das war nicht ihr größtes Problem. Sie hatte geschlafen. Geschlafen! Und mit jeder Minute, die sie vergeudete, war Owen in noch größerer Gefahr.

Gesprächsfetzen drangen an ihre Ohren.

Da sah sie den Mantel ihrer Mutter über einer Stuhllehne liegen. Jess hätte am liebsten losgeheult, wenn sie daran dachte, was sie tun musste, doch diesmal wäre es immerhin nur für ein paar Stunden. Sie würde aus dem Krankenhaus schleichen, nach Hause laufen und die Eismuschel zerstören müssen. Dann würde das Schmelzen von Owen und seiner Welt aufhören. Und anschließend könnte ihre Mutter schimpfen und schreien, so viel sie wollte – Jess würde es klaglos über sich ergehen lassen, denn was sie getan hatte, war wirklich schlimm. Es war zwar richtig gewesen, aber trotzdem schlimm.

Vorsichtig stieg sie aus dem Krankenbett und schlüpfte in ihre Schuhe, was wieder äußerst schmerzhaft war. Doch sie hatte noch keinen einzigen Schritt gemacht, als sich der Vorhang bewegte und ein Kopf auftauchte.

Es war ihre Mutter.

Beide erstarrten im ersten Moment und waren schockiert über den Zustand des anderen. Jess wappnete sich innerlich für das Donnerwetter, das gleich über sie hereinbrechen würde, doch ihre Mutter umarmte sie so überschwänglich, dass Jess sich wünschte, diese Umarmung würde nie enden. Sie roch das Parfüm ihrer Mutter, süßer als alle Blumen auf der Welt, verlockender als frischgebackenes, noch warmes Brot. Ihre Tränen benetzten die Wangen der anderen. Als sie sich nach einer Weile wieder voneinander lösten, brüllte ihre Mutter sie nicht etwa an, sondern senkte den Kopf und sagte nur: »Ich verstehe.«

Jess blieb stumm. Was hätte sie auch sagen sollen? Wie könnte sie das alles erklären?

»Als der Doktor von den vielen Tests geredet hat, die sie mit dir machen wollen, und dass du zu Spezialisten nach London fahren sollst, hast du natürlich Angst bekommen – das verstehe ich. Ich habe mir gleich gedacht, dass du dich dem nicht aussetzen willst. Und dann haben wir beide uns gestritten, und das war für dich der berühmte letzte Tropfen, der das Fass zum Überlaufen gebracht hat … und deshalb bist du weggelaufen. Sang- und klanglos …« Ihre Stimme war nur ein Flüstern. »Mein Gott, ich dachte wirklich, ich hätte dich für immer verloren …«

»Es tut mir leid«, brachte Jess endlich über die Lippen. »Es tut mir wirklich sehr leid, Mummy.« Sie hatte diese Anrede schon ewig nicht mehr benutzt, doch nun ging sie ihr ganz leicht über die Lippen. »Können wir nach Hause gehen?«

»Natürlich, bald. Ich muss nur schnell den Doktor holen.« Jess schüttelte den Kopf, doch ihre Mutter fuhr fort: »Er will dich sehen und dich noch kurz untersuchen.«

»Er war vorhin schon hier.«

»Nein, jetzt, wo du wach bist, meine ich.«

»Nein!«

»Sie denken, du könntest ein paar gebrochene Rippen haben, und dein Knöchel sieht auch schlimm aus und …«

»Ich will einfach nur nach Hause.«

»Aber erst, wenn der Doktor hier war.«

»Ich *muss* nach Hause, Mum!« Was, wenn sie sie nicht gehen ließen? Was würde dann aus Owen werden? »Ich muss nach Hause, sofort!«

»Nein, du legst dich jetzt wieder hin, bis sie ganz sicher sind, dass du nicht ernsthaft verletzt bist. Und dann musst du mir erzählen, wo um alles in der Welt du gewesen bist.«

»Willst du mir nicht einfach mal zuhören?«

»Leg dich wieder hin, Jessica.«

»Nein.«

»Keine Widerworte!«

»Mum, bitte!«

»Der Doktor meint, du musst wenigstens über Nacht hierbleiben.«

Über Nacht? Jess dachte an die Wasserfälle, die unablässig an den Eisbergen herunterflossen, an die eigentlich unmöglichen Tränen in Owens Augen. Sie hatte schon viel zu viel Zeit verloren. Ihre Mutter redete weiter, doch ihre Worte ergaben keinen Sinn. Schließlich platzte Jess der Kragen, und sie rief: »Ich weiß, was das Beste für mich ist!«

Ihre Mutter verstummte und starrte sie schockiert an.

»Ich weiß es besser, Mum. Ich weiß, was das Beste für mich ist, und ich weiß, was ich tun muss. Du hörst immer nur auf Doktor Stannard! Du tust immer, was er sagt, auch wenn ich total dagegen bin.«

»Ich weiß, dass du denkst, du wärst schon erwachsen, Jess, aber das bist du nicht, nicht wirklich, und manchmal musst du darauf hören, was die Erwachsenen sagen. Ich bin deine Mutter, er ist dein Arzt, und du bist erst zwölf!«

»Aber ich weiß, was das Beste für mich ist. Vielleicht nicht immer – okay, aber manchmal schon, und im Moment sage ich, dass du mich dringend nach Hause bringen musst. Bitte, Mum. Bitte! Ich werde dir alles erklären, das verspreche ich dir, aber vorläufig musst du mir einfach vertrauen.«

Der Vorhang quietschte leise, als er von Doktor Stannard zurückgezogen wurde. »Ah, ich dachte mir doch, ich hätte Stimmen gehört. Sie ist wach, Mummy, das ist erfreulich.«

Jess ließ ihre Mutter nicht aus den Augen. Deren Gesicht war faltig, und sie hatte dunkle Ringe unter den Augen. Bitte, dachte Jess. Nur dieses eine Mal, bitte. Vertrau mir!

»Tut mir leid«, sagte ihre Mutter schließlich. Jess' Herz wurde schwer, doch dann sah sie, dass ihre Mutter sich an den Arzt wandte. »Meine Tochter muss so schnell wie möglich nach Hause.«

Es war ein seltsames Gefühl, durch die Haustür zu treten. Wie Jess erfuhr, war sie zwei Tage verschwunden gewesen, doch sie hatte das Gefühl, an diesem Nachmittag als ein ganz anderes Mädchen nach Hause zu kommen.

Doktor Stannard war weniger wütend, sondern vielmehr verblüfft gewesen. Er war es nicht gewohnt, dass sich jemand nicht an seine Anweisungen hielt, und Jess hatte sich insgeheim über seine gestotterten Proteste amüsiert.

»So, jetzt sind wir da«, sagte ihre Mutter. »Wirst du mir jetzt erzählen, wo du warst?«

»Bald«, antwortete Jess und lief auch schon in die Küche. Sie riss die Tür des Gefrierschranks auf und wühlte in einem bestimmten Schubfach herum, bis ihre Finger das kleine, in Alufolie eingewickelte Päckchen ertasteten.

Dann lief sie damit in den kleinen Garten hinter dem Haus. Wie werde ich es merken?, dachte sie. »Was, wenn es bereits zu spät ist? Doch als sie die kleine Muschel auswickelte und auf ihre Handfläche legte, spürte sie darin ein leichtes Pulsieren – den Herzschlag des Lebens –, und sie war sich sicher: Owen war noch am Leben. Sie konnte ihn retten. Sie konnte alles retten.

Ihre Mutter stand unter der Tür und beobachtete sie, und Jess fragte sich, was ihr in diesem Moment wohl durch den Kopf ging. Dachte sie nur an die letzten paar

Tage? Oder wunderte sie sich, dass ihre Tochter so unbekümmert in der grellen Nachmittagssonne stand?

Jess brach in Tränen aus. Sie konnte sie nicht zurückhalten. Die Sonne war so herrlich sanft und warm, so wohltuend. Das könnte ich alles haben, dachte sie. Ich könnte es für den Rest meines Lebens genießen. Doch das kam natürlich nicht in Frage. Nicht, wenn es einen so hohen Preis kostete.

Sie hielt die Eismuschel auf ihrer Handfläche in die Sonne und sah zu, wie sie langsam schmolz und flüssig wurde, während sie selbst die letzten Sonnenstrahlen auf ihrer Haut genoss. Tapfer kämpfte sie gegen das Gefühl des Verlusts an, das sie beinahe in die Knie zwang. Doch sie stellte sich Owens Gesicht vor, und das gab ihr den nötigen Mut. Sie tat das einzig Richtige. Und sie hatte immerhin noch diesen Moment – einen letzten, kurzen Moment in der Sonne.

Nach einer Weile war nichts mehr da außer ein paar Wassertropfen, die Jess durch die Finger gleiten und ins Gras fallen ließ. Dann drehte sie sich zu ihrer Mutter um, mit tränenblinden Augen. Sie spürte, wie ihre Haut zu prickeln begann, als die eben noch sanfte Sonne wieder zu dem wurde, was sie immer gewesen war – eine Feindin.

»Ich muss jetzt reingehen«, sagte sie. »Und wir sollten die Vorhänge zuziehen.«

27

Der Gedanke an das Krankenhaus erfüllte Jess mit Schrecken, doch sie wusste, dass sie keine andere Wahl hatte. Ihr Knöchel hatte sich hässlich gelb verfärbt und ihre Rippen schmerzten bei jedem Atemzug. Doch das schien Doktor Stannard wesentlich weniger zu interessieren als die Tatsache, dass sie auf einmal keine Sonne und kein Licht mehr vertrug. Warum war ihre Krankheit so plötzlich verschwunden und nun so plötzlich zurückgekehrt? Beides war für ihn ein Rätsel. Er schleppte Kollegen an, die Jess allen möglichen Tests aussetzten und an ihr herumstocherten, bis ihre Mutter schließlich verkündete, sie hätte nun wirklich genug und wenn die Herrschaften nichts dagegen hätten, würde sie ihre Tochter gern wieder mit nach Hause nehmen.

Jess hatte die ganze Zeit kaum zugehört. Sie wusste schließlich ganz genau, was mit ihr passiert war. Und außerdem hatte sie Wichtigeres zu tun. Sie musste Davy besuchen.

Ihre Mutter kam mit und hielt ihre Hand, als Jess durch die Gänge humpelte. Je näher sie Davys Zimmer kamen, desto nervöser wurde Jess. Sie konnte nur daran denken, wie schlecht es ihm bei ihrem letzten Besuch gegangen war. Am liebsten hätte sie kehrtgemacht. Eigentlich wollte sie es gar nicht wissen, denn eine schlechte Nachricht könnte sie nicht ertragen! Sie hatte Owen zwar gerettet, ihn selbst aber verloren – und auf ihre eigene Heilung verzichtet. Jetzt auch noch Davy zu verlieren, wäre einfach zu viel für sie. Doch da war auch ein leises Stimmchen in ihrem Kopf. Owen hatte gesagt, er habe gehört, wie sie Geschichten vorgelesen hatte, aber wie konnte das sein? Sie hatte ihre Geschichten nur einer einzigen Person vorgelesen – Davy.

Da waren sie auch schon an der Tür seines Krankenzimmers, und ihre Mutter nickte ihr aufmunternd zu. Die Klinke fühlte sich sehr kalt an. Jess holte tief Luft.

Sie öffnete die Tür.

Sie betrat das Zimmer.

Und begann zu strahlen.

Davy saß in seinem Bett, an etliche Kissen gelehnt. Er war dünn – kein Wunder, da er in letzter Zeit künstlich ernährt worden war. Aber er war wach. Wach! Und er hielt ein paar Blätter in der Hand und las.

»Es geht dir besser! Wie schön!«, rief sie und lief augenblicklich rot an. »Ich meine ... hallo.« Sie hob grüßend eine Hand und kam sich richtig dumm dabei vor. Sag etwas anderes, ermahnte sie sich. »Schön, dass du wieder wach bist«, stammelte sie und hob erneut die Hand.

Hellbraune Haare fielen dem Jungen in die Stirn. Seine Augen waren tiefblau. Jess fiel auf, dass sie sie noch nie gesehen hatte.

»Hallo«, sagte er mit einem Akzent, den sie nicht einordnen konnte. »Hast du dich verlaufen?«

Jess öffnete den Mund, um etwas zu sagen, blieb dann aber stumm. Was hätte sie auch sagen sollen? Nun ja, es kommt dir vielleicht etwas komisch vor, aber als du geschlafen hast, habe ich dich manchmal besucht, und obwohl du mich gar nicht kennst, sind wir deshalb so etwas wie Freunde. Ich hoffe, du hast nichts dagegen.

»Nein, ich habe mich nicht verlaufen«, murmelte sie schließlich. »Ich wollte nur sehen, wie es dir geht.«

Der Junge krauste die Stirn, als würde er überlegen. Dann nickte er. »Du bist Jess, richtig?« Er hielt die Blätter hoch. »Du bist das Mädchen, das mir diese Geschichte gebracht hat!«

Jess lief noch eine Spur röter an, und ihr Herz schlug einen Purzelbaum. »Woher weißt du, dass ich es war?«

»Deine Stimme. Ich habe deine Stimme wiedererkannt.«

»Ich habe gewusst, dass du mich hörst! Das habe ich zu meiner Mum gesagt und auch zu Doktor Stannard.«

»Natürlich konnte ich dich hören. Na ja, so ganz stimmt es nicht. Ich habe dich nicht so gehört, wie ich dich jetzt höre. So habe ich es nicht gemeint. Keine Ahnung, wie ich es erklären kann. Es klingt verrückt. Aber ich konnte sie hören, deine Geschichten. Eher wie in einem Traum. Als hätte ich sie geträumt. Als hätte ich ihn gelebt. Und als ich endlich wieder aufgewacht bin, habe ich das hier auf dem Nachttisch entdeckt.«

»Es geht dir besser«, sagte Jess und schüttelte den Kopf, weil sie es noch kaum fassen konnte. »Es geht dir viel besser ... Die Ärzte haben zu deiner Mutter gesagt, dass du keine große Chance hast.«

»Die Ärzte wissen nicht, was wirklich vor sich geht. Glaube ich jedenfalls. Kommen ständig rein, schauen mich an und rauschen dann wieder ab, um sich mit anderen zu besprechen. Ich glaube nicht, dass sie wissen, was sie sagen.«

»Das weiß ich doch längst!«

»Gut. Aber die Sache ist die, dass sie dachten, es gehe mir immer schlechter. Aber dann, vor ein paar Stunden, habe ich die Augen aufgemacht. Wie es scheint, bin ich ein medizinisches Wunder.« Er lächelte zufrieden.

Ich auch, dachte Jess. Zumindest für kurze Zeit. Doch dann stutzte sie. »Vor ein paar Stunden?«, hakte sie nach.

»Richtig.«

Vor ein paar Stunden. Vor ein paar Stunden hatte sie im Garten gestanden und der Eismuschel beim Schmelzen zugesehen.

»Hey, sag mal, wohnst du hier? Hier in der Stadt, meine ich«, fragte Davy.

»Ja.«

»Wir sind erst hergezogen. Ungefähr eine Woche vor meinem Unfall.«

»Zu blöd.«

»Das kannst du laut sagen. Wenn man die ganze Zeit schläft, kann man keine neuen Freunde finden.«

»Oh, du wirst sicher bald welche finden.«

»In der Schule, das glaube ich auch. Hey, gehen wir vielleicht in dieselbe Schule?«

»Nein, ich ... Ich werde zu Hause unterrichtet.« Wieder verspürte sie einen Stich im Herzen. Sie hätte ab sofort auf eine normale Schule gehen können, aber damit war es vorbei.

»Zu Hause? Ist ja cool.«

»Findest du?«

»Logo. Das macht dich ..., wie nennt man es gleich? Geheimnisvoll.«

»Ach ja?«

»Klar tut es das. Macht dich zu jemandem, der anders ist. Und wer will schon wie alle anderen sein, hm?«

Jess lief so rot an wie eine Tomate.

»Sag mal, hast du die Weltraumgeschichte inzwischen fertig? Klang echt gut.«

»Nein, ich hatte noch keine Zeit dafür.«

»Na schön, dann gib Bescheid, wenn sie fertig ist.«

»Aye aye, Sir.«

Davy grinste sie an. »Und was ist mit der anderen?«

»Welcher anderen?«

»Die andere, die du mir erzählt hast.«

Jess schüttelte den Kopf. »Ich weiß nicht, was du meinst. Ich habe dir nur die Geschichte vom glücklosen Schneider erzählt.«

»Nein, du weißt schon – diese total verrückte Geschichte. Okay, die mit dem Schneider hier ist auch verrückt, aber die andere war *total* verrückt.«

Jess wurde ganz schummerig. »Worum ging es da?«, fragte sie vorsichtig.

»Alles weiß ich nicht mehr genau. Aber wie ich schon sagte, war sie ziemlich verrückt. Es ging um irgendeinen Garten.«

28

Mit ihrer wundersamen Heilung war es vorbei, doch eine kleine Spur hatte sie hinterlassen. Jess konnte zwar nicht mehr nach draußen in die Sonne gehen, doch wenn der Himmel bewölkt war und sie sich mit einer Sonnencreme mit dem höchsten Lichtschutzfaktor einrieb, konnte sie ohne volle Montur zu dem Geschäft am Ende der Straße gehen und zurück. Ein Teil der mysteriösen Kräfte des Eisblumengartens war ganz offensichtlich in ihr zurückgeblieben, und dafür war sie sehr dankbar.

Am nächsten Sonntag machten Jess und ihre Mutter Lammbraten mit Yorkshire-Pudding. Anschließend spülten sie zusammen das Geschirr.

»Es war nicht wegen dir«, sagte Jess nach einer Weile unvermittelt.

Ihre Mutter hielt mitten in einer Bewegung inne. Sie

ließ die Servierplatte, die sie gerade in der Hand hielt, langsam auf die Anrichte sinken. Und dann tat sie etwas, das völlig untypisch für sie war: Sie beugte sich zu Jess runter.

»Es war nicht wegen dir«, wiederholte Jess.

»Willst du mir nicht endlich verraten, wo du warst?«

»Du würdest es nicht glauben.«

»Lassen wir es auf einen Versuch ankommen.«

»Ja, irgendwann ...«

»Kannst du mir wenigstens versprechen, dass du das nie wieder machst?«

»Nie wieder.«

»Nie wieder?«

»Nie wieder«, bekräftigte Jess und nickte. Und zum ersten Mal seit Tagen zeigte sich ein Lächeln auf dem Gesicht ihrer Mutter.

»Ich habe dich schrecklich vermisst, meine Kleine«, sagte sie.

»Ich dich auch.«

Am späten Nachmittag zog Jess sich in ihr Zimmer zurück, um zu schreiben, wie sie es schon unzählige Male getan hatte. Die Sonne blieb wie immer hinter den dicken Vorhängen ausgesperrt. Jess setzte sich hin und wählte einen Stift aus – einen violetten diesmal.

Der Eisjunge, begann sie zu schreiben, doch weiter kam sie nicht, weil sie draußen auf der Straße plötzlich etwas hörte. Sie schob den Vorhang ein Stück zur Seite – die Sonne stand bereits tief am Horizont, und lang gewordene Schatten schützten sie vor ihren Strahlen. Eine Gruppe von Kindern ging vorbei, mitten auf der Straße. Das aschblonde Mädchen war nicht dabei, doch sie hätte es durchaus sein können, dachte Jess. Sie sind alle ziemlich gleich, und ich bin ein bisschen anders. Ich bin anders, aber das ist gut so. Ich bin ich.

Die Rufe dieser Kinder stiegen auf wie Blasen, die alsbald platzten, und eine Sekunde lang fühlte Jess sich leer wie nie. Doch als eines der Kinder zu ihr hochblickte und ihren Blick auffing, zuckte sie nicht zurück – sondern sie lächelte. Das Mädchen lächelte zurück und ging dann weiter.

Seine Freundin war fortgegangen, und der Eisjunge war allein, schrieb sie, als sie wieder an ihrem Schreibtisch saß. *Allein, wie er es immer gewesen war, aber auch anders. Er baute eine neue Brücke, um wieder in seinen Eisblumengarten zu gelangen, und das ging ganz leicht, weil sich die Welt nun unter seinen Händen formen und biegen ließ. Er verschloss den Spalt in der Mauer und überlegte sich, was er als Nächstes tun könnte.*

Sie klopfte mit dem hinteren Ende ihres Stifts auf den Schreibtisch, damit etwas Tinte nachfloss, und ihre Gedanken begannen ebenfalls zu fließen.

Er hatte sein ganzes Leben hier im Garten gewohnt, weil er zu große Angst gehabt hatte, sich hinauszuwagen. Und es war wirklich wunderschön bei ihm. Es gab Millionen von Blumen. Massenhaft Früchte zum Essen. Doch nun hatte er einen Vorgeschmack auf das bekommen, was jenseits der Grenzen seines Gartens lag, und konnte seine Neugier nicht mehr zügeln. Deshalb ging er erneut hinaus in die Welt. Er kletterte auf die höchste Bergspitze, damit er das Land von oben sehen konnte. Er folgte den Vögeln zu ihren Nistplätzen an den Felsen. Ihre Eier waren Eiskügelchen mit komplett durchsichtigen Schalen. Er konnte die Küken darin sehen, wie sie wuchsen, sich veränderten und nur darauf warteten, zu ihrer Mutter zu kommen.

Er wanderte durch den Wald und schlief unter den Schlingpflanzen. Sie wickelten sich um ihn und zogen ihn hinauf ins Blätterdach der Bäume, wo er, hoch über dem Boden, von Ast zu Ast springen konnte. Auch hier oben gab es Tiere. Um ihn herum gab es so viel Leben, und er lernte, es zu begreifen. Er sah so vieles: Eiswölfe, die in Rudeln über die baumlose Kältesteppe rannten. Höhlen, in denen Fledermäuse wohnten, Millionen von ihnen, die sich in einer sich windenden silbrigen Säule zum Himmel erhoben. Große Tiere, die ihre Jungen im Maul herumtrugen …

Die Wörter flossen nur so aus ihr heraus, als sie sich das Leben vorstellte, das ihr Freund jetzt führte. Er war irgendwo da draußen, das wusste sie. Zwar außerhalb ihrer Reichweite, aber in Sicherheit, und dieser Gedanke machte sie froh.

Als sie wieder aufblickte, waren die Farben des Himmels verblasst. Und sie hörte, dass es unten an der Haustür läutete.

»Jess, kannst du bitte aufmachen?«, rief ihre Mutter.

»Ich bin in meinem Zimmer!«

»Ich weiß.«

»Ich bin nicht mal in halber Montur.«

»Dann zieh sie schnell an!«

Jess seufzte, als sie nach unten stapfte, nebenbei ihre Ärmel runterzog und sich die Kopfbedeckung überstülpte. Als sie die Haustür öffnete, war sie im ersten Moment von der untergehenden Sonne geblendet und konnte nichts sehen. Doch dann erkannte sie, dass ein Junge vor ihr stand.

»Davy!«, rief sie und fiel ihm um den Hals, noch bevor sie wusste, was sie tat.

»Ich dachte, ich komm mal vorbei und sage Hallo. Du warst so nett und hast mich die ganze Woche besucht, und ich finde, jetzt bin ich mal mit Besuchen an der Reihe.« Seine Stimme war wie eine Messingglocke und durchdrang die Stille der Straße.

»Sie haben dich entlassen!«

»Ja, sie sagten, ich solle nur aufpassen, dass ich nicht wieder überfahren werde.«

»Na, dann pass eben gut auf.«

»Ich tue mein Bestes.«

»Willst du nicht reinkommen? Ich schreibe gerade eine neue Geschichte.«

»Ehrlich gesagt hatte ich gehofft, du könntest mit *raus*kommen.«

»Raus? Ich?«

»Es ist ein herrlicher Abend, und ich habe ewig nur rumgelegen, oder?«

»Ich kann nicht«, sagte sie und tippte an ihre Kopfbedeckung. »Ich hab's dir doch schon erzählt. Ich kann nicht ohne das hier aus dem Haus gehen.«

»Na, dann lass es halt auf. Was soll's?«

»Ich weiß nicht ...«

»Es gibt einen Spielplatz, unten, am anderen Ende der Stadt. Da gibt's eine tolle, lange Rutsche. Du kannst mir zusehen, wie ich auf dem Bauch und mit dem Kopf voraus runterrutsche, und mich bewundern.«

»Pah, das kann ich auch!«

»Meinetwegen, aber du musst mich trotzdem bewundern, wenn ich es tue.«

Ihre Mutter würde es niemals erlauben. Sie drehte sich um und sah, dass ihre Mutter am Türrahmen zur Küche lehnte. Zu Jess' Überraschung nickte sie.

»Aber nicht allzu lange«, sagte sie. »Und wie wär's, wenn Davy hinterher noch zum Essen bleibt?«

»Ich glaube, meine Mutter erwartet mich zum Essen, aber ich vertrage bestimmt auch zwei Mahlzeiten, kein Problem. Muss schließlich wieder zu Kräften kommen, oder? Aber ihr dürft es ihr nicht verraten.«

»Gut, Jess, dann lauft. Aber seid vorsichtig.«

Die beiden traten hinaus auf die Straße, ein schmächtiger Junge mit Shorts und T-Shirt und ein Mädchen, das wie ein Imker gekleidet war. Die Wolken sahen am sich verdunkelnden Himmel wie Kohleschlieren aus.

»Wollen wir um die Wette laufen?«, schlug er vor. »Ich wette, ich gewinne.«

»Ich wette dagegen.«

»Das werden wir ja sehen!«

»Gut, und bis wohin?«

»Bis ans Ende der Straße. Aber ich sag's dir gleich: Gegen mich hast du keine Chance. An meiner letzten Schule war ich der Beste im Hundertmeterlauf. Abgesehen von den vier anderen, die schneller waren, okay.«

»Na schön, wir werden sehen.«

»Topp, die Wette gilt also?« Davy streckte die Hand aus, um ihre Abmachung zu besiegeln, und als Jess einschlug, spürte sie einen leichten Kältestoß, fast wie ein Echo aus vergangenen Tagen. Einen Moment lang war sie wie benommen. Es gab da einen Zusammenhang, sie bekam ihn nur nicht zu fassen. Doch sie kam zu dem Schluss, dass alles in bester Ordnung war.

»Los!«, schrie Davy, und Jess rannte ihm nach.

Die Welt rauschte an ihr vorbei, und sie gehörte mit dazu.

Dank

Ich bin sehr vielen Menschen gegenüber zu großem Dank verpflichtet, die mich beim Schreiben dieses Buchs unterstützt haben. Mein Dank geht zuerst an Peter Buckman, der mir in allen Belangen kluge Ratschläge gab. Zweitens an die wunderbare Kesia Lupo, die unerschütterlich an diese Geschichte geglaubt hat und mir unermüdlich geholfen hat, sie zu verbessern. Dann an Barry Cunningham und Rachel Leyshon, deren Bauchgefühl und Ratschläge das Buch erst wahr werden ließen. An Helen Crawford-White und Rachel Hickman, die das wunderschöne Cover entworfen haben. Und natürlich auch an das übrige Team bei Chicken House – Jazz, Elinor, Esther, Laura, Claire und Sarah.

Vielen Dank auch an Laura und Jamie Doward, die eine entscheidende Rolle dabei gespielt haben, dass es diesen Roman überhaupt gibt. An meine Eltern und meine Schwester für ihre Unterstützung und ihren Glauben an mich in den letzten Jahren. An den unglaublich talentierten Ed Curtis, ohne den ich nie Autor geworden wäre. Und schließlich auch herzlichen Dank an meine wunderbare Frau Sheba für … eigentlich alles.